서른다섯

일 . 취미 . 사랑 . 인간관계 . 나

서른다섯,
마주하다. 기록하다. 돌아보다.

글쓴이

곽용신

카메라를 취미이자 업으로 하는 열정만땅 인간.

김정민

맥주마시다 맥주 마케터가 된 내향형 인간.

박예슬

연극하며 요가하는 추진력 정~말 좋은 인간.

이 책에는

글쓰기 모임, 써보자고의 멤버 곽용신, 김정민, 박예슬.

새해의 시작에 만난 세 사람이 세 개의 계절을 지나 보내며 쓴 각자의 글과, 서로의 글을 읽으며 함께한 시간이 담겨 있습니다.

'일, 취미, 사랑, 인간관계, 나'를 주제로 각자의 삶을 들여다봤습니다.

'당신이 서른 다섯까지 오는 길목에는 어떤 일들이 있었나요?'

작은 질문을 해봅니다.

* 이 책은 서대문구의 청년프로젝트 사업의 일환으로 일부 제작되었습니다.

목차

들어가는 글

일

취미

사랑

인간관계

나

나가는 글

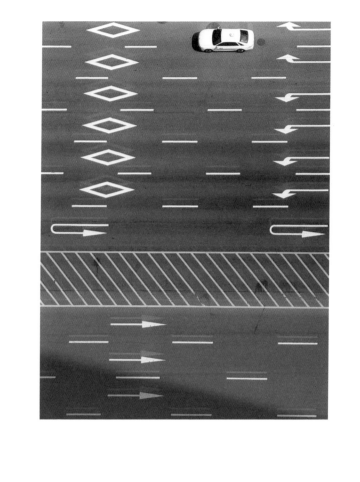

서른과 마흔 사이,
아직은 뭔가 어중간한데?

예슬

2024년 새해가 시작되고 처음 맞이한 주말 저녁, 창가 자리에 앉아 수제 맥주를 마시고 있었다. 크리스마스의 여운이 살짝 남은 붉은 빛깔의 맥주를 한 모금 넘기고 나니 하늘에서 눈이 펑펑 내리기 시작했다. 그것도 아주 펑펑. 맥주를 머금고 바라보는 창 밖의 풍경은 단 한순간에 내가 있는 곳을 비일상적인 여행지로 만들었다. 그랬다. 그렇게 그날은 어떤 일이 일어나도 이상하지 않을 만큼, 기분이 둥둥거렸다. 하늘에서 내리는 눈을 다시 하늘로 올려버릴 수 있을 것처럼. 그런 기분에 마음껏 취해서 그런 걸까? 재밌는 일을 하나 작당 모의 해버렸다. 그건 바로 당신이 앞으로 읽게 될 이 책을 만들기로.

그날 내 앞에는 N 플랫폼 맥주 모임의 모임장 정민이 있었고, 내 옆에는 사진 모임의 모임장 용신이 있었다. N 플랫폼의 모임장이라는 공통점이 있었던 우리는 2023년 연말 '모임장 반상회'에서 만나 '조금' 친해졌다. 당시에는 동갑인 줄 몰랐으나 알고 보니 동갑이었던 우리는 이후 조금 '더' 친해졌다.

아마도 우린 삶에 대한 고민을 회피하지 않는다는 공통점이 있었던 것 같다. 읽다 보면 알겠지만 한 사람은 고민을 진득하게 끌어안을 줄 알고, 한 사람은 정면돌파하며 정통으로 맞서는데 능하다. 또 한 사람은 눈빛만 봐도 '나 욕망 덩어리!'.
각각 맥주, 요가와 연극, 사진이라는 취미이자 취향이자 직업을 가지고 살아가는 서른다섯.

분위기 좋은 맥주집이 마감이 되는 그 시간 동안, 사적으로 처음 만나 어느새 친구가 돼버린 우리는 펑펑 쌓인 눈과 함께 달큰하게 취했다. 그리고 술기운에 이끌려 누구 입에서 나왔는지 모를 버킷리스트 하나를 덜컥 추진하게 되었다.

책 만들자!
서른다섯, 우리 이야기로!

드문드문 기억나지 않는 당시의 상황을 굳이 되짚지 않더라도 추진력과 책임감이 좋은 나는 분명 나만 믿으라고 했을 것이다. (그래서 이 서문을 책임감으로 내가 쓰고 있다) 어떻게 시작했는지 기억은 나지 않지만, 어느새 설레는 마음으로 목차를 짜고 글감을 다듬으며 첫 모임을 기다리고 있었다.

겨울에 먹으면 참 기분 좋은 횟감 방어를 먹으며 우리는 '인간관계, 사랑, 일, 취미, 그리고 나'를 주제로 에세이를 쓰기로 했다. 나는 N 플랫폼 독립출판 모임장이지만, 혼자서 독립출판물을 만든 지는 꽤나 시간이 흐른 상태. 간만에 글쓰기 근육을 붙이려니 스트레칭이 필요했다.

친구가 되긴 했지만, 아직 덜 친한 나의 새 친구들에게 내가 담긴 글을 보여준다니 뭔가 쑥스럽달까. 하지만, 동료가 생긴 게 기분이 좋아서 그런가. 손끝에서 피어나려는 이야기들이 내 마음을 간지럽히는 것 같기도 하고 벌써부터 자기들끼리 나폴나폴 춤추는 것 같기도 하다. 나 혼자 이렇게 신나버린 건 아닐까 걱정되기도 하지만, 원래 의욕이 앞서는 사람이 멱살을 잡아끌면 어떻게든 완성으로 가는 게 인생사가 아닌가 생각해 본다.

서른다섯,

서른이 된 지 불과 얼마 전인 것 같은데, 벌써 반을 살아왔다. 보내온 시간만큼 더 살아가면 곧 마흔이라니. 정말 믿기지 않는다. 그렇게나 어른이 되고 싶었던 마음은 어디로 갔는지 코빼기도 보이지 않고 이젠 그저 내 나이에 걸맞은 어른이기만을 소망한다.

요즘 내가 딱 하나 바라는 게 있다면, 내 나이를 두려워하지 않고 나이에 걸맞은 사람으로 살면서 매해 새로이 만나게 될 나의 시간과 경험을 쭈욱- 사랑하는 것이다. 어릴 땐 당연했던 시행착오가 불쑥 튀어나오더라도 자책하는 것이 아니라, 나도 서른다섯은 처음이라고 생각하며 스스로를 좀 귀여워해 줄 수도 있지 않을까? 도전과 실패를 쌓아오던 이십 대는 이제 완전히 과거가 되었고, 뭔가를 제대로 해야 한다는 생각에 실수가 예전만큼 용납되지 않다 보니 흔들리는 나를 사랑하는 게 참 어려운 날들이다. 이렇게 혼자가 어려운 시기에 작은 투정을 부리면 기분 좋게 편들어주는 동료가 나타났다.

지난 삼십오 년간 서로 다른 삶의 궤적을 가지고 살아왔기에 유독 질문이 많았고, 각자가 가진 편협할지 모르는 경험과 언어가 상대에게 의도치 않게 상처 줄까 조심스럽고 소심하지만 따뜻하고 다정했던 우리들의 이야기.

열심히 지나온 삼십 대가 중반에 접어들었다는 사실을 인정하고, 다음을 정비하는 길목에서 내 이야기와 더불어 친구들의 인생을 함께 살펴보려 한다. 그러다 보면 내가, 아니 우리가 상상하고 품을 수 있는 삼십 대도 더 커지겠지? 논어에서 공자는 마흔을 불혹이라 언급하며, 세상 일에 미혹되지 않는 나이라고 했다. 서른과 불혹사이 그 어중간한 시간 속에서 나를 조금 더 단단하게 만들어가야 하는 나이가 서른다섯인가 보다. 아직은 어려운 세상과 아직도 모르겠는 스스로에 대한 의문을 고백하고 기록하며 이 시간을 단단하게 붙잡아보려 한다.

복잡한 머릿속을 뚫고 나와 쓰일 문장들이 나와 내 친구 두 명 그리고 우리처럼 서른다섯을 살고 있는, 살게 될, 살아온 당신에게도 든든한 응원과 위로가 되었으면 좋겠다. 언젠가 글에 남겨진 우리의 모습이 과거에만 머물고 먼 미래에서는 찾아볼 수 없을지라도.

이 책만큼은 우리가 박제한 서른다섯이다.

지나 온 시간 덕분에 자신을 믿고, 앞으로 다가올 미래가 조금은 기대되는 서른다섯.
아직은 뭔가 어중간한 어른이면서도 어린것 같고, 어리다기엔 머리가 큰 서른다섯.

본격적인 이야기를 시작해 본다.

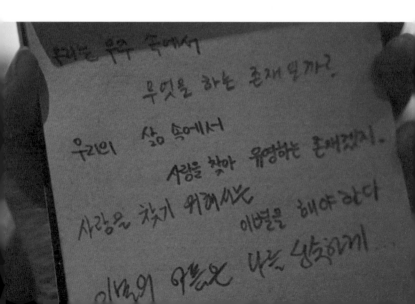

일

일

보통의 이유로 일합니다

정민

일을 한다.
매일매일 일을 한다.

언제쯤이면 이 고통을 끝낼 수 있을지 모르겠지만, 확실한 건 정년이라는 단어는 내 선택지에 없었으면 좋겠다. 어떻게 60살까지 회사를 다닐 수가 있는지. 그렇다고 부업이라든지 투자라든지 대안을 준비하고 있는 것도 아니다. 여전히 뾰족한 수가 없어서, 5천 원 치 로또 용지에 간절히 부탁해 본다.

이번 주에도 대답이 없다.

나는 9년 차 회사원이다.

맥주를 좋아해 맥주 회사에서 일하고 있다. 브랜드 마케팅이라는 실체를 정의할 수 없는 일을 하고 있어, "무슨 일 하세요?" 라고 물으면, "어.. 이것저것 해요." 외엔 답변이 떠오르지 않는다. (길게 대답하고 싶지 않은 것도 있다.) 지금 회사로 이직한 지는 2년이 넘었다. 주변에서는 좋아하는 일을 한다며 아직까지 많이들 부러워한다.

"좋아하는 일을 하면 행복하지 않아요?"

아니야. 아니라고.

여전히 아침에는 일어나기 힘들고, 지하철은 증오의 그릇이고, 아침저녁으로 커피가 없으면 슬프고, 점심시간엔 잠깐이라도 몸 뉘일 곳을 찾아 헤맨다. 그럼에도 꾸역꾸역 일을 한다. 회사를 옮겼다고 내 생활이 한순간에 우아해질까.

*

들기 싫은 알람 소리에 의식을 찾는다. 왜 벌써 아침일까란 물음에 대답할 수 없어 겨우 일어나 앉는다. 열다섯 개쯤 맞춰놓은 알람을 끄고, 커튼을 걷어 창문을 연 후 느릿느릿 이불 정리를 한다. 어디선가 주워 들었다. '세상을 바꾸고 싶다면 이불 정리부터 하라'라고. 저는 세상씩이나 바꿀 사람은 아니니, 이따 저녁에 몸져누울 내 기분 정도만 바꿀 수 있으면 충분합니다.

겨울엔 아 추워, 여름엔 아 더워를 외치며 샤워를 하러 간다. 아무런 움직임 없이 5분 정도 뜨거운 물을 맞으며 서 있으면 서서히 정신이 돌아온다. 보통 수도요금 걱정에 정신이 돌아온다. 언젠가 무슨 바람이 들었는지 아침에 전화영어를 했던 적이 있다. 평소보다 30분 일찍 일어나 출근 준비를 끝내고, 전화기를 노려보다 벨이 울리면 15분 정도 떠들고 끊는다. 아침 일찍 일어난 탓에 약간은 멍한 정신상태로, 반대로 그곳은 저녁이라 조금은 감성적인 수화기 너머의 미국인과 떠들고 나면 잔뜩 상기된다. 네가 하는 말을 못 알아듣고 되묻느라 바빠서, 또 내가 뱉은 영어가 부끄러워서.

전화영어를 했던 그 한 달은 오전 내내 각성 상태였다. 긴장이 심한 날에는 바쁜 척, 아픈 척을 하며 피했던 적도 있다.

나는 이날 이후 운동이든 공부든 어떤 것이든, 아침에 자기 계발을 하는 직장인들은 미친 사람이라 여기기로 했다. (그렇지만 존경합니다. 파이팅.)

출근은 시공간을 막론하고 괴로웠다. 서울에서도, 대구에서도, 부산에서도, 버지니아에서도, 쾰른에서도.

우리는 모두 똑같이, 보통의 이유로 일한다.

먹고살기 위해서.

전세 대출금을 갚아야 하고, 자동차 대출금도 갚아야 하고, 휴대폰 할부도 있다. 내가 재산이라 생각했던 것들은 전부 온전히 내 것이 아니군.

오늘은 왜인지 오후 4시부터 떡볶이에 튀김

이 먹고 싶었다. 내 기분에 따라서 먹고 싶은 음식을 사 먹을 수 있어서 일한다.

먹고살기 위해서.

내가 하는 연극을 '일'이라고
할 수 있을까?

예슬

나는 N잡러다.

매일 평일 오전에는 요가수업을 하고, 오후에는 드문드문 연극연출가로 활동한다. 또, 3주에 한 번 주말 저녁에는 N플랫폼의 독립출판 모임장으로, 소속된 극단에서는 그래픽디자인을 하기도 하고, 간헐적으로 외부에 취재를 다니며 원고를 쓰는 프리랜서 작가활동을 한다. 이렇듯 여러 가지 '일'을 통해 수입을 얻고 자아실현을 하고 있는데, 가끔은 그 경계가 모호할 때가 있어 일에 대한 정의를 자주 되짚는 편이다.

과연 '일'이란 무엇인가?
내가 생각하는 '일'은 크게 두 가지는 충족되어야 한다.

1. 자아실현의 영역이 되어야 한다.
2. 생계수단이 되어야 한다.

요가도 그렇고, 연극도 그렇고, 글쓰기도 그렇고, 그림도 그렇고, 잔재주가 많은 편이라 야금야금 하던 취미가 기회와 운을 요리조리 잘 만나 일이 된 케이스. 취미가 일이고 일이 취미인 것 같은, 아슬아슬하게 행운이 따르는 줄다리기를 어쩌다 보니 지금까지 해냈다. 겉보기에는 요즘 트렌드에 걸맞게 하고 싶은 일, 좋아하는 일을 하며 그럴싸하게 밸런스가 맞춰진 삶을 사는 것으로 보인다. 마치 무지개를 쫓는 소년마냥 멋진 사람으로 비치는 그 시선을 가끔씩 즐기기도 한다.

'나 실은 보이는 것처럼 살고 있지 않아.'
이런 말은 굳이 입 밖으로 꺼내지 않고, 언젠

가 다시 수면 위 올라왔을 때 성취할 목표로 두기도. 밝은 이미지를 꺼내 쓰는 걸 워낙 잘하기에 티가 많이 안 날 뿐, 내 속은 종종 불안으로 타들어간다. 왜냐면 내가 하고 있는 일의 특성상 두 가지가 충족되지 않는 경우가 더 많기 때문이다. 그렇기에 내가 가진 불안을 해소하고자 끊임없이 일을 만들고 일을 쳐내며 일하는 순간으로 나를 몰아넣는다.

여러 가지 일들 중 가장 나를 애매하게 만드는 것은 '연극'이다. 정의 1번에 충실하게 가장 크게 자아실현 도파민을 주는 일이면서도 동시에 정의 2번에 가장 반하는 일. 되려 가끔씩은 연출의 역할을 책임지고자 제작비라는 명목아래 내가 모은 목돈을 가볍게 마이너스시킨다. 어느 해에는 일이 되고, 어느 해에는 일이 되지 못하는 녀석.

그렇지만 일이 되는 순간에 내가 느끼는 도파민이 너무 커서 포기할까 싶다가도 포기할 수 없는 연극. 지칠만하면, '지치길 기다렸다! 옛다, 제작지원금!'이라며 날 들었다 놨다 하는 연극. 좋아하는 일을 하니까 그래도 좋겠다는 부러움의 시선을 받는 연극. '그 일로 생계를 해결하고 있지는 못합니다만...'이라는 말이 목구멍에 덜컥 걸리는 연극. 사실 힘든 순간이 더 많은 연극. 힘들다고 내색하면 하지 말라는 소리를 들을까 봐 그런 말은 삼켜누르게 만드는 연극. 미워하려야 미워할 수 없기에 결국 사랑으로 품을 수밖에 없는 연극.

연극을 처음 시작한 건 대학 동아리였다. 동아리 가두모집이 한창이던 대학교 2학년 봄, 수업이 끝나고 정문으로 지나가는 길에 '신입생이세요?'라는 말과 함께 누군가 나를 붙잡았다. 그 길로 나는 연극동아리의 일원이 되어 (결코 나를 어리게 봐준 게 기분 좋아서가 아니다) 결국엔 동아리회장까지 하고 대학을 졸업했다. 당시에 왜 그렇게 연극이 좋았을까 생각하면, 아마도 방학마다 시간을 들이고 애써서 만든 연극이 무대 위에서 한 순간에 휘발되는 게 아깝고 애틋해서 나라도 그 찰나를 가슴에 품고 싶었던 게 아닐까 싶다. 인간은 망각의 동물이라 끝나버린 무대는 점점 흐릿해지고, 기억해 내려면 다시 공연을 하는 수밖에.

또, 연극이 진행되는 극장이란 공간도 참 좋아

했는데, 소극장 관리 학생이었던 나의 비밀스러운 취미는 스포트라이트가 사라진 빈 극장을 멍하니 바라보며 사색하는 것이었다. 은은한 조명아래 지하공간 특유의 습한 내음이 배긴 좌석에 앉아 고요하게 혼자만의 시간을 보내고 나면 잠시 어디론가 여행을 다녀오는 기분이었다.

어릴 때부터 하고 싶은 것이 많았던 나는 인생에서 딱 한 번 대학교 1학년 때 하고 싶은 게 없어 방황했다. 미대입시를 실패하고 재수해 들어간 영문과 공부가 알레르기가 날만큼 나와 맞지 않았다. 그런데, 연극동아리에 들어가고 나서부턴 다시 많은 것들이 하고 싶어졌다. 무대 위에 서는 것도, 그 무대를 만드는 것도, 무대 위에서 펼쳐질 이야기를 쓰는 것도, 그 무대를 알리는 것도. 그렇게 학교를 자퇴할까 고민하며 학부도 제대로 졸업할지 몰랐던 내가 결국엔 서울로 상경해 대학원에서 연기를 공부했다.

비전공자로 연극동아리경험을 잘 포장해 대학원에 들어간 나는 학부 생활을 한 번 더 하는 것 마냥 학부 수업도 듣고, 대학원 수업도 듣고, 조교도

하면서 지금 생각하면 어떻게 버텼나 싶은 힘겨운 시절을 보냈다. 단기간에 전문성을 채우려다 보니 부족함은 물론이고 뭘 더 할 수 없을 것 같은 한계도 많이 느꼈다. 게다가 그땐 뭘 믿고 그렇게 밤을 많이 새웠는지 모르겠는데, 지금 내가 종종 체력이 버거운 이유는 다 그때 에너지를 당겨 썼기 때문이 분명하다. 다시 돌아가고 싶지 않은 고약한 시간. 사람이 전투를 함께 하면 전우애가 생긴다고. 생각해 보니 지금 나와 연극하는 애틋한 동료들은 대부분 그때 만났던 사람들이다.

동아리부터 시작하면 십 년 넘게 했지만, 연극을 정말 '일'로써 제대로 할 수 있었던 건 연극을 한지 딱 십 년째 되던 해였다. 코로나19에 직격타를 맞은 공연계에 비대면으로 예술을 해보라는 지원사업이 생겼다. 대면예술인 연극을 어떻게 비대면으로 만드냐며 웃기고 있네 싶었지만, 결국 급한 사람이 창의력을 쥐어짜 내야 하는 것이 세상의 이치 아닌가. 마침 연극으로 만들려고 준비 중이던 독립출판물을 글과 그림, (배우의) 목소리가 있는 전시로 발전시켜 보기로 했다.

'관(람)객이 배우와 대면하지 않으면 이게 바로 비대면 예술이지 뭐가 비대면 예술이냐?'

그렇게 인생 첫 지원사업을 따내고나서야 진정한 자아실현과 생계를 해결하는 일로써의 연극을 제대로 경험할 수 있었다. 지난 3년간 약 4,500만 원가량의 국가지원금이 연극을 나에게 일로 만들어주었다. 나는 연말마다 지원서를 쓸 때면 제발 다음 해에는 연극이 일과 더 가까워지기를. 노트북 화면을 응시하는 눈이 흐릿하고, 핑크빛으로 시려질 만큼 간절하게 기도한다.

생계를 해결해주지 못하던 연극이 일이 되는 모습이 너무 즐거웠던 걸까? 나는 겁도 없이 일이 되지 못하는 상황에서는 내가 모은 돈을 제작비로 사용했다. (내 심장의 크기를 재본적은 없지만, 작진 않은 것 같다) 신나게 공연하고, 마이너스가 된 잔고를 마주하면 정신을 딱 차렸어야 했는데, 이게 왜 감당 가능한 숫자들로 보였을까? 게다가 이놈의 연극이 나랑 밀당을 제대로 하는지, 통장을 보고 '이번엔 좀 메꾸려면 시간이 걸리겠네' 생각할 때쯤엔 내가 벌인 사고(?)가 새로운 기회를 물어 왔다.

　자체제작으로 준비하던 공연에 사용하려고 촬영
해 둔 영상이 공모전에서 수상하고, 덕분에 상금
의 일부로 공연을 만들고, 그 공연 덕분에 또 다른
지원사업을 따내고, 지원사업 덕분에 연극에서 다
큐까지 제작해 보고. 꼬리에 꼬리를 물어 예상하
지 못한 결과가 탄생하는 모습이 이것 참 결국 사
람을 벗어날 수 없는 굴레에 가둬버렸다. 분명 연
극이 일인지 아닌지 고민하고 있었는데, 또 연극
을 하고 있단 말이다.

　생계가 해결 가능한 수입을 기대할 수 없는 기
초예술에 가까운 산업군이고, 그렇기에 더더욱 왜
이 일을 해야 하는지 의미와 이유를 찾아야 하는
분야인데 어떻게든 내 삶에서 연극이 일인 듯 일
이 아닌 듯 굴러가는 게 나는 너무 신기하다. 생
각해 보면 신진예술가 도입 과정에서 마주한 운을
내가 참 잘 잡아챘다. 아, 그런데 요즘엔 초심자의
행운을 거진 다 쓴 것 같단 생각이 든다. 결론은
미래가 불안하다.

세이노의 가르침이라는 책에 좋아하는 일로 행복하려면 세 가지 길 중 하나를 택해야 한다고 쓰여있다.

1. 그 분야에서 최고 일인자가 되는 길
2. 최고가 되지 못하지만 대부분의 오타쿠처럼 자기만족을 위하여 빠져 사는 길
3. 다른 길을 통해 경제적 여유를 마련한 뒤 그 돈으로 좋아하는 것을 하는 길

그런데 그 일을 '일'답게, 오래오래 하려면 결국 1번의 길을 걸으려고 애써야 하지 않을까?

대학원 생활이 끝나길 기다렸다듯 만난 공백기에 나는, 생계를 해결하지 못하면 결국 연극을 미워할 수밖에 없을 거라고 생각해 본능적으로 3번 길을 찾았다. 운이 좋게 만난 다른 길인 요가가 생각보다 잘 맞아서 그런가. 연극에서 받은 스트레스를 요가로 풀고, 요가에서 받은 스트레스를 연극으로 풀면서 그럭저럭 잘 지냈다. 아주 가끔 두 가지 일이 벅찰 때면 숨 쉴 구멍을 열겠다는 요량으로 작은 합리화와 함께 최선을 덜하자고 생각했

다. 그렇게 요령껏 이 길을 뚜방뚜방 걸어오던 내가 요즘은 신진예술가로 잘(?) 안착한 덕분인지 조금씩 1번 길로 고개를 돌리기 시작했다.

연극을 일로 하려면, 내 능력을 더 키워야겠지. 결국, 미워할 수 없어 사랑하는 것이 아니라 정말로 제대로 된 사랑을 마주하려면 더 애써야 한다. 내 돈으로 제작해 서로가 눈치 볼 수밖에 없는 프로덕션을 몇 번 경험한 후배 한 명은 정말 사랑스럽게도 나에게 '이제 선배님의 연극세계의 지속성을 위해 자체제작은 하지 마십쇼.' 라는 조언을 건넸다. 그 말이 참 애틋하고 고마우면서도, '지속하기 위해 자체제작을 하는 걸 수도 있잖아, 이 자식아'라는 생각이 머릿속에 떠올랐는데 내뱉지는 않았다.

이제 갓 시작한 2024년. 사실 작년 연말에 썼던 지원사업은 죄다 떨어졌다. 타로카드에서 가장 지원금이 큰 프로젝트 하나는 붙는다고 했는데, 그것도 아쉽게(?) 떨어졌다. (역시 타로는 믿을게 못 된다)

그렇다 보니, 서른다섯의 나에게 연극은 당장 두 가지를 충족하는 '일'이 될 수 있을지 지금은 잘 모르겠다. 사실 먼 미래에 내가 변하고 또 변해서 툭 하고 연극을 그만둬버릴까 무서울 때도 있다. 하지만, 한 가지 아는 건 여지껏 나라는 사람은 절대로 과거의 내가 만들어온 일을 책임감 없이 그냥 내버려 두는 사람은 아니라는 것이다. 그만두더라도 분명 지금의 내가 납득할만한 이유를 가져오거나, 아니면 과거의 내가 그랬듯 재본적도 없는 심장 크기를 앞세워 (내 돈을 투자해서라도?) 새로운 기회를 만들겠지. (사실 이미 그렇게 또 공연을 했다) 그리고 미래의 나도 불의의 사고로 심장이 작아지지 않는 이상 나의 '일'을 그냥 내버려 두진 않겠지.

나는 의리와 책임감, 회복탄력성이 좋은 사람이다. 그래서, 나는 (연극에 대한) 의리와 책임감, 회복탄력성을 믿으며 일단 '일'이라고 생각하련다.

"네, 저는 N잡러인데요. 연극연출가로 활동하면서~ 요가강사로 블라블라~"

드라마를 보고 화가 났다

용신

스타트업이라는 드라마를 보고 화가 났던 적이 있었다. 뭐가 그리 마음에 안들었는지, 화면을 뚫을 듯이 째려보며, 당시의 나는 '저건 현실이 아니야 판타지야! 인생은 저렇게 쉽지 않아.'라고 투덜거렸다.

스물 다섯. 스타트업이 성공하기만 하면, 나는 모든 것을 손에 쥐고 사는 인생이 될 수 있다고 생각했었다. 살면서 가장 크게 얻을 수 있는 세 가지를 말이다.

첫째는 '돈', 둘째는 '명예'. 마지막으로 내가 하고 싶은 일을 원하는 방향으로 이끌 수 있는 '권력'까지. 그 당시의 나는 성공한 스타트업의 일원이 되면, 이 세 가지를 모두 가질 수 있다고 믿었다. 하지만 눈에 보이는 성공한 인생의 뒷면에 수많은 실패자가 있다는 것을, 그때의 나는 알지 못했다.

되돌아보면, 대학 시절 첫 성공이 나 스스로를 과대평가하게 만든 계기였다. 나의 주도로 학교에 없던 오케스트라 연합 동아리를 만들었고, 나의 추진력을 바탕으로 다양한 공연을 성공적으로 올렸다. 당시의 나는 열정으로 가득차 있었다. 대규모 연합공연을 기획하고, 서울시립교향악단과 함께 플래시몹을 진행하거나, 예술의전당에서 정명훈 지휘자와 함께 특별 무대를 마련하는 등. 누구도 할 수 없을 것 같은 성과를 냈다. 그 성취감은 너무나 달콤했다. 그래서 그런가, 졸업 후에 취직 준비를 해서 일반 회사에 들어가는 건 나의 능력을 다 발휘하지 못하는 미래라고 생각했다.

'남들이 가는 길을 왜 또 가야 하지? 나는 나만의 길을 만들 거야. 나는 할 수 있어!'

그 자신감으로 지인들과 함께 스타트업 공연 기획사를 만들었다. 나는 그때까지도 돈, 명예, 그리고 권력을 얻을 수 있을 거라는 환상에 빠져 있었다. 하지만 현실은 대학 동아리와는 달랐다. 돈은 끊임없이 들어갔고, 수익을 내지 못하면 아무리 좋은 공연도 아무 의미가 없었다. 적자가 쌓이면서 사람들 사이에 갈등이 생기고, 그렇게 함께 시작했던 친구들이 하나둘 내 곁을 떠났다. 내가 가장 믿었던 사람과 크게 다투고, 다시는 살면서 보지 말자고 연을 끊기도 했다. 그렇게 2년이라는 시간이 흘렀고, 나는 시간과 돈, 그리고 자존심을 잃었다.

"너는 하고 싶은 일을 하잖아. 정말 부럽다."

"너는 한다면 꼭 해내는 사람이니까!"

이런 말을 하며, 주변 사람들은 오히려 나를 부러워했다. 하지만 그 말들은 오히려 나를 더 깊은 불안과 공허함으로 몰아, 자존감을 갉아 먹었다. 아무것도 얻은 것이 없었고, 남은 것도 없었다. 더 이상 버틸 힘도, 돈도 없었다.

그렇게 스물아홉의 겨울, 나는 스타트업을 그만두기로 했다. 아무 소속도 없는 백수가 된 채로 매일 카페에 앉아 이력서를 쓰고, 집에 돌아와 게임을 하다가 잠들었다. 태어나 처음 무기력한 시간을 보내며 힘들게 나는 나의 실패를 인정하게 되었고, 서른 살이 되었다.

솔직히 내가 드라마를 보면서 화가 났던 건, 내스물아홉의 모습을 되돌아보며, 솔직하지 못했던 나에게 하고 싶은 말이었을지도 모른다. 드라마 속에 나오는 철없는 주인공을 보며, 드라마지만 포기 하지 않고 앞으로 나아가는 그들을 보며. 왜 나는 저런 결정을 내리지 못했을까 하는 아쉬움. 그래서 나 스스로를 마주하게 되는 불편함. 나는 드라마를 보고 이런 내 감정에 마주하게 되었던 건 아니었을까.

노마드의 올림픽대로

정민

"너 올림픽대로 밤 드라이브가 얼마나 기분 좋은지 알아?"

미국 교환학생 시절 만난 대학교의 조교 선생님이 해준 말이다. 그분이 조교인지, 선생님인지는 꽤 긴 시간이 흐르면서 자연스럽게 알게 되었다. 세상에는 참 많은 직업과 직장이 있다는 것을 구직활동을 시작하면서 알게 되었는데, 그녀는 조교나 선생님이 아닌 한국 학생들이 많이 오는 대학교의 계약직 인솔 직원이었다. 그녀 역시 체류

나 취업 비자와 연계된 터라 아마 최소한의 생활비 정도를 급여로 받았을 것으로 예상된다. 그럼에도 나름 부티가 났던 분이라, 이십 대 초반의 내가 꽤 선망했었다. 아마 지금의 내 나이쯤이지 않았을까.

어쨌든, 서울에 한 번도 가본 적이 없었던 당시의 나는 올림픽대로가 왕복 12차선쯤 되는, 올림픽경기장에서부터 시작하는 장대한 도로인 줄 알았다. (뭐, 비슷하긴 하다) 천천히 달리면 안 되는 도로이니 성능이 좋은 차로만 달려야 하며, 저녁에는 스피커가 터질 듯 음악을 들어야 한다고 했다. 그녀의 감상에 따라 상상한 올림픽대로는 컨버터블의 외제차 정도는 되어야만 들어갈 수 있는 곳이었다. 그때의 나는 서울을 전혀 몰랐으니 '그런 곳이 있구나' 하고 믿으며 넘겼다. 그래도 그녀는 선생님이었으니까. 그렇게 그녀가 향유했던(?) 세련되고 화려한 노스탤지어의 올림픽대로는 내 기억 속 무의식으로 사라졌다.

내가 일을 시작하면서 학교를 떠나게 되었다. 마지막 인사차 나눈 그녀와의 대화는 앞으로의 계획에 관해서였는데, 가볍게 물어본 탓에 가벼운 답변으로 되돌아왔으나 내게는 꽤나 센세이션이었다. 그녀는 여기서 조금 더 체류하며 미국을 여행하고, 돈이 모이면 다른 나라로 옮겨 비슷한 일을 구해 살아보겠노라고 했다.

그녀는 내가 처음으로 본 '노마드'였다.

그때는 노마드란 개념이 없었다. 10년 전이니 스마트폰이나 무선 인터넷이 상용화되기 전이었고, 일은 일터에서만 가능한 행위였으니 재택이나 원격근무란 단어는 존재하지 않았다. 그 선생님과는 자연스럽게 연락이 끊겼다. 내가 붙임성이 있는 편도 아니었고 그녀 역시 직업윤리에 충실했으므로, 우리는 학교라는 울타리를 벗어나면 각자 살아남기 바빴다. 말했던 대로의 삶을 살고 있을지 모르겠지만, 내 기억과 상상 속의 그녀는 자유로운 모습으로 곳곳을 떠돌아다니며 여전히 올림픽대로를 그리워하고 있었다.

*

　얼마 전, 자신을 당당하게 노마드라고 소개하는 친구를 만났다. 진짜 친구는 아니고, 내가 맥주를 가르치는 플랫폼에서 처음 만난 이십 대 중반의 어린 친구였다. 과거의 기억 덕분인지 노마드에 대한 환상을 안고 살아가는 나로서는 아주 관심이 가는 자기소개였다. 이 친구의 노마드는 어떤 형태였을까.

　"저는 여러 가지 사업을 하고 있어요. 요즘은 사랑에 관한 플랫폼을 기획하고 있어요."

　"여행 프로그램을 개발하느라 한 달 동안 태국에 다녀왔답니다."

　일과 생활의 경계가 없어 피곤하다는 듯 푸념하는 이 친구의 사업은, 친한 친구와 장소를 대관해서 대규모 소개팅을 열어보고 싶다는 희망찬 결의였고, 태국은 그저 개인 여행이었다. 물론 내가 들은 것은 아주 일부이며 이 모든 것들이 위대한 사업 아이템이자, 큰 성공의 첫걸음이 될 수 있다.

응원한다. 그렇지만 머리가 굵어질 대로 굵어진 나는, 더 이상 궁금하지 않아 조용히 응원만 하기로 했다.

다른 장에서 서술했지만 내가 갈망하는 것들은 언제나 나를 비켜간다. 나는 늘 노마드를 꿈꾼다. 차라리 불가능한 직업이었다면 깔끔하게 포기했을 텐데, 그렇지도 않다. 노트북과 전화기로 근무가 가능한 일을 하고 있지만 노마드는커녕 재택근무도 해본 적이 없다. 심지어 코로나가 대유행 하던 시기에도 꼬박 사무실로 출근했다. 출장지에서도 여행지에서도, 급하게 걸려온 전화의 마지막 멘트는 늘 똑같다.

"사무실에 가서 처리할게요."

*

상경 후 일주일이 채 되지 않은 어느 날 밤이었다. 꽉 막힌 도로는 앞으로의 내 서울 생활을 암시하는 듯 막막했다. 국회의사당이 왼편으로 보여

홀린 듯 잠깐 바라보다, 눈길을 돌려 내려다본 내
비게이션의 도로는 원래부터 빨간색이었는지 몇십
분 째 바뀌지 않았다. 답답한 마음에 한숨을 내쉬
며 이리저리 주변을 둘러보다, 머리 위 이정표를
마주했다.

'올림픽대로'

일본회사가 바꾼 나
내가 바꾼 일본회사

용신

스타트업을 떠나 일본계 회사에 입사했을 때, 그래도 어느 정도 경력직으로 대우를 받을 거라 생각했다. 하지만 첫날부터 기대는 무너졌다. 내 경력은 인정받지 못했고, 최저임금과 다를 바 없는 급여를 제시 받았다. 하지만 서른 살이라는 나이에 아무 곳에서도 소속되지 못했다는 무력함이 나를 계약서에 서명하게 만들었다.

매일 아침 정장을 입고 출근했다. 일본 회사 특유의 엄격한 위계질서와 경직된 분위기 속에서 나는 묵묵히 하루하루를 보냈다. 어느 날은 일본인 부장이 나를 불렀다. 진실의 방으로. 무슨 일인지도 모르는 나에게 어눌한 한국어로 일본인 부장이 말했다.

"서류 도장을 찍을 때, 상사 쪽으로 기울여 찍어야 하는 걸 모르나?"

당황했다. 업무적인 내용이 아니라 그들이 원하는 예절이 마음에 들지 않았던 것이다. 명함을 주고받는 순서, 인사할 때의 각도, 택시에 앉는 위치까지. 일본인 부장은 나의 행동 하나하나에 불만이 있는 것 같았다. 하지만 정작 업무에 대한 교육은 없었다. 부장은 나를 다른 선배와 비교하며 나무랐다. 왕복 네 시간에 달하는 출퇴근과 상사의 가스라이팅에 점점 지쳐갔다. 관둘까 생각했던 타이밍에 코로나가 터졌다.

아버지는 그냥 버티라고 하셨다.

"그래도 적응하고 있잖아."

그 말에 나는 더욱 혼란스러웠다.

정말 나는 적응한 걸까? 성장하고 있는 걸까?

그냥 일과를 버틸 뿐이었다.

그러던 어느 날, 갑작스럽게 부서 이동 통보를 받았다. 이유는 간단했다. 나는 그저 말 잘 듣는 사람이었으니까. 능력이 아니라, 그저 순응하는 태도 때문에 옮겨진 것이었다. 문득 깨달았다. 나는 이 회사에서 '적응'한 것이 아니라, 그저 편리한 부품이 되었을 뿐이라는 것을. 내 속에서 무엇인가 아니라는 생각이 들었다.

'이럴 거면 내가 좋아하는 일을 하자.'

관심있는 회사에 지원했고, 운 좋게 최종 면접까지 갔다. 붙을 수 있을 것이라는 행복한 상상. 하지만 결과는 탈락. 그러나 이상하게도 실패는 나를 좌절시키지 않았다. 오히려 새로운 가능성을 발견하게 해준 것만 같았다. 꼭 이곳이 아니더라도 더 나은 곳으로 갈 수 있다는 자신감이 생겼다.

그 이후로 나는 회사에서 스스로 성장할 수 있는

일에 집중하기 시작했다.

 '나는 다른 곳에 못 가는 사람이 아니다. 언제든 내가 하고 싶은 일을 찾아서 떠날 수 있다. 단지, 지금 내가 하는 일이 즐거운 뿐이다.'

 생각을 바꾸고 나니 새롭고 즐거운 일들이 다시 찾아왔다. 정확히 말하면 즐겁지 않았던 일들이 즐거워졌다. 그러자 시간이 빠르게 흘렀고, 자연스레 많은 경험이 쌓였다. 그러던 어느 날 떨어졌던 회사의 채용 공고를 보았다. 두 번째 시도, 결과는 합격.

 다니던 회사에서 퇴사자 발표가 나던 날, 동료들의 웅성거림을 잊을 수가 없다. 갑작스런 퇴사소식에 깜짝 놀라 나를 찾아온 동료도 있었다. 그들의 반응을 보며, 나는 그동안 열심히 일해왔음을 새삼 다시 느꼈다. 따뜻한 축하와 격려 속에서 이직을 준비했다.

 지금도 나는 열심히, 즐겁게 일하고 있다.

요가매트 위에 서는 마음

예슬

나는 매주 평일 오전에는 요가매트 위에 선다.

그것도 맨 앞 줄, 한가운데 자리. 그리고 뒤를 돌아 나를 바라보고 있는 많은 눈을 향해 두 손을 모아 인사한다.

나마스떼~

요가를 업으로 한지는 어느덧 5년 차. 기억도 안 나는 언제가부터 인생의 버킷리스트에 요가강사가 있었다. 사실 20대의 버킷리스트는 아니었다. 출산과 육아 후 제2의 직업을 갖게 될 때 막연하게 도전해 봐야지 생각했던 40대의 버킷리스트. 그런 요가를 십 년이나 당겨온 건 (내가 결혼을 못해서가 아니라!) 삼십 대의 시작부터 당장 생계가 막막했기 때문이었다.

  국립극단 조연출이 생활이 끝나가던 이십 대의 끝자락. 당장 낼모레로 다가온 서른이 막막했던 나는 한 달 반치 급여로 받은 약 삼백만 원가량의 돈을 어떻게 사용할지 고민했다. 그저 흘러가듯 생활비로 쓰자니 아깝고, 어디 여행이라도 가자니 지금 상황에 사치를 부리는 것 같고, 딱 미래를 위한 투자가 필요한 시점에 요가지도자 자격증 광고가 눈에 들어왔다.

  '아? 지금인가…'

  앞자리가 바뀌는 건 생각보다 큰 용기를 가져다주는 것 같기도 했다. '에레이 모르겠다? 어떻게든 되겠지!' 자격증 코스에 등록하고 나니 남은 것은 단돈 십만 원. 그 길로 요가복을 몇 벌 사고 집으로 돌아와 컵라면을 홀짝홀짝 먹었다.

감사하게도 부모님께서는 두 분 다 갖고 있지 않은 유연함을 알 수 없는 방법으로 나에게 물려주셨다. 덕분에 나는 큰 노력 없이도 외관상의 요가 동작을 꽤나 있어 보이게 해내는 재능이 있었다. 게다가 연극하면서 연기는 물론이고, 대본을 쓰고, 장면을 연출하며 배우들과 소통하는 작업을 계속해와서 그런가. 리딩멘트를 구성하고, 사람들 앞에서 뭔가를 가르치는 것 또한 무던하게 할 수 있었다. 연극으로 단련된 발성과 순발력을 제대로 발휘한 곳이 바로 매트 위. 한 시간의 수업을 한 시간의 독백연기라고 생각하면 재미까지 있었달까? 난 요가강사로 일하는 것이 크게 어렵지 않았다. 80%만 노력하면, 100%가 발휘되는 기분. 사실 꽤나 좋았다. 하지만, 재능이란 분명 축복받은 것이면서 동시에 굉장히 위험하다.

대학원 시절 교수님께서는 이런 말씀을 하셨다.

"앞으로 학교생활을 하면서 너희가 연극을 진짜로 좋아하는지 부딪혀봐야 한다. 잘하는 걸 좋아한다고 착각하다가, 잘 '못'하게 되면 좋아하는 마음이 변한다. 우리는 잘하고 못하고와 상관없이 연극예술을 정말 좋아해야지만 오래도록 할 수 있다. 학교라는 울타리에 있는 동안, 이 일을 진심으로 좋아하는지 확인해 봐라."

잘하는 일을 좋아한다고 착각하면, 잘하지 못할 때 느끼는 상실감이 결국엔 좋아하는 마음을 먹어버린다는 말은 연극뿐만 아니라, 요가를 할 때도 그대로 적용할 수 있겠다. 어쩌면 요가를 하는 내 마음은 '큰 노력을 행하지 않아도 많은 것을 취할 수 있다'는 오만함 속에서 그 기조를 계속 유지하고자 이어졌던 것 같기도. 잘하는 일을 지속적으로 잘하기 위해. 재능이라는 단어가 주는 기분에 계속 머물고 싶은 마음에. 나는 최소한(?)의 노력을 일정하게 해 왔던 것 같다.

연극보다 많은 애정을 주고 있지 않다고 스스로 느껴서 그럴까? 요가를 바라보는 내 시선은 주인공의 입장에선 고맙고, 미안한 드라마 속 서브남주를 보는 것 같다. (서브남주는 드라마가 끝나고 나면, 다들 차기작에선 주인공이 되더라. 여담으로, 나도 올해는 요가를 소재로 한 연극을 만들었다) 사실 종종 유연성만 믿고 동작을 하다가 다치기도 하는데, 그럴 때도 억울한 느낌이 든다기보다는 이만큼만 다쳐서 다행이다 싶거나 내 업보라 생각한다. 재능을 믿고, 조금 더 신경쓰지 않은 것에 대한 인과응보. 그래서 그런가. 나는 2-3년 차 요가강사라면 한 번씩 겪는다는 그 흔한 요태기(요가 권태기) 한 번 없이 5년 차 요가지도자가 되었다. (요태기까지 겪으면 양심에 가책이 느껴질까봐 그런 것 같다)

큰 기조 없이. 늘 한결같이.
연극과 달리, 내 마음을 애태우지 않는 요가.

요가는 나에게 많은 것을 주는 일이다. 연극이 해결해 줄 수 없는 생계를 해결해 주고, 내가 가진 장점을 발휘할 수 있게 한다. 그뿐만 아니라 나의 단점인 높은 텐션을 낮춰주고, 급한 마음을 눌러준다. 그리고 내가 가장 좋아하는 내 모습인 차분하고 깊은 예슬을 꺼내준다. 게다가 요가를 하며 만나는 어르신 회원님들은 얼마나 나의 자존감 충전소 역할을 톡톡히 해주시는지. 화장기가 없어 얼굴 같지 않은 얼굴도 전날 맥주를 마셔 나온 볼록한 뱃살도, 어르신 회원님의 눈에는 반짝반짝 빛나는 청춘의 아름다움으로 비쳐 늘 나를 예쁘다 해주신다. 그래서 나도 모르게 무의식적으로 단련하고 있는 요가근력과 요가지구력이 있는게 아닐까싶다.

이렇게 나를 사랑하게 만들어주는 요가는 내가 잘하는 일이다. 잘하는 일의 혜택을 톡톡히 받고 있는 나는, 이 일을 딱 지금처럼만 앞으로도 계속 잘하고 싶다. 그러려면 요가가 서운해하지 않을 만큼의 애정은 내가 먼저 챙기고, 꾸준하게 줘야 겠지. (방금도 장바구니에 요가관련 도서를 하나 넣었다, 올해는 친구와 맥주요가 이벤트도 기획해 보기로 했다)

나는 요가수업을 마무리할 때 이런 인사를 나눈다.

"오늘도 제가 가진 긍정의 에너지를 고이고이 접어 선물해 드리겠습니다."

사실 이 인사를 하는 내 속마음은 이렇다.

'오늘도 제가 가진 재능을 백번 발휘할 수 있게
해 주셔서 하나님, 아버지, 알라신, 부처님, 삼신
할머니, 정말 감사합니다, 그 감사함 잊지 않고 진
심으로 매트 위에 올라서겠습니다.'

취미

취미

내가 좋아하는 것들이 나를 좋아하게 해

예슬

　어릴 때부터 그랬다. 이유는 모르지만, 어쩜 그리 하고 싶은 것들이 많았는지. 피아노, 바이올린, 합창단, 발레, 댄스, 수영, 태권도, 요가, 미술, 만화 그리기, 건축모형 만들기, 미싱... (이 모든 걸 다 해봤다) 방학이면 기다렸다는 듯 이거하고 싶다 저거 하고 싶다 말하며 한 달 치 가계부를 들여다보는 엄마의 가슴을 졸이게 만들었던 꼬마가 바로 나다. 엄마는 내가 초등학생이 될 무렵부터 백화점에서 일하기 시작하셨는데, 아마도 이것저것 하고싶어하는 나의 꿈과 희망을 키워주기 위해서가 아니었을까 짐작해본다. 동네 곳곳에 새로 생기는 학원은 물론이고, 신문에 끼워진 전단지 속 다달이 바뀌는 백화점 문화센터 시간표를 초등학생이 다 꿰고 있었으니까.

뭐 그렇게 하고 싶은 게 많고, 뭐 그렇게 다 할 수 있을 거라 생각했을까? 그 안을 가만히 들여다보면 나에게는 영재교육을 받을 만큼의 유별난 재능은 없었지만, 성공과 실패를 적절하게 맛볼만한 적당한 잔재주가 있었다. 그것도 쫌 많이. 무수한 것들이 내 눈엔 흥미롭게 들어왔고 내 세상엔 재밌고 즐거운 것들이 가득했다.

하고 싶은 것도 해본 것도 많은 나는, 애써서 힘들게 해내는 노력보단 약간의 행운을 기대하며 즐기는 상태를 좋아했다. 아마도 어린 시절부터 내가 가진 것은 재능의 영역이 아닌 잔재주의 영역이라는 것을 알아차렸던 게 아닐까 싶다. 아주 잘할 때보단 적당히 잘 해낼 때, 더 행복하단 인생의 비밀을 조금 일찍 발견하면서 나는 뭔가를 조금 더 쉽게 좋아하게 되었다.

*

   문득 외로움이 찾아오거나, 기분이 좋지 않거나, 힘들단 말을 내뱉고 싶어질 때면, 좋아하는 것들이 잔뜩 저장돼 있는 나의 SNS를 들여다본다. 차곡차곡 담아둔 기록을 보며, 피식 웃다 잠시 뿌듯해했다 내가 또 이런 성취를 할 수 있을까 걱정한다. 이내 이런 과거를 살았는데 내 미래는 당연히 더 재밌을거라 코웃음치며 내가 보낸 시간을 여전히 사랑하고 있는 나를 만난다. 외로움은 채워지고, 힘들다는 말의 위에는 잘 살아왔다는 기분이 쌓이며 괜찮을 것 같은 의지가 조금씩 느껴진다.

   그러다 보면, 살아온 시간 속에 있었던, 있는, 있게 될 나를 사랑할 힘이 생긴다.

   물론 좋아하는 것들이 언제나 나를 보편적인 좋은 상태로 만들어 주는 것은 아니다. 때로는 좋아한다는 감정이 주인이 되어 '좋은 상태에 있어야 해!'라는 생각 속에 가둬 버리기도 한다. 이를테면, 속이 곪아가는데도 즉각적으로 느끼는 괴로움을 견디다 보면 괜찮아질 거라는 자기 최면이 압박처럼 들어오기도 한다. 마음에 들지 않는 현재를 솔직하게 인정하고 싶지 않은 구린 상태도 만난다. 관점에 따라 나는 결국 좋아하는 것에 의지하는 삶을 살고 있는 걸지도 모른다. 뒤죽박죽 주객전도 된 상태 속에서 몇 차례 헤매다 보니, 요즘 내가 깨달은 또 한 가지는 좋아하는 감정이 변하는 걸 두려워하면 안 되겠다는 것이다.

기쁨과 즐거움으로 충족되었던 삶이 가난해지고 지루함과 반복으로 바뀔 때, 스스로에게 질문이 필요한 시점이다. 좋아했던 이유가 흐릿해져, 망각 상태에 빠져 있음이 분명할테니 말이다. 그럴 때는 선명하던 에너지를 잃어버려 무채색으로 결여된 힘이 나에게 다시 올 수 있도록 알려줘야한다. 잊었던 감정의 골짜기를 거슬러 헤쳐보고, 취향이 바뀌어버린 까닭을 골똘히 생각한다. 한차례 불편함을 겪고나면 나의 즐거움들은 조금 더 진하고 강렬해진다. 한숨으로 가득 채웠던 하루를 다시 설레는 들숨으로 채울 수 있다. 그렇게 좋아하는 것들과 소소한 루틴을 만들며 동고동락 건강하게 사는 삶을 원한다.

*

일상을 특별하게 만들어주는 새로운 이벤트, 그
걸 잔뜩 기록해둔 나의 SNS, 낯가림 있는 내가 용
기 내 말 걸었을 때 기다렸다는 듯 밝게 웃어주는
낯선이, 그러다 나도 모르게 내 삶에 스며들어버
린 누군가, 그 사람에게 영향을 받아 새롭게 또 좋
아지는 것들, 유독 수직수평을 잘 맞춰 찍은 풍경,
피사체가 되어 카메라 앞에 서는 시간, 순간포착
한 표정이 생동감 있게 살아있는 인물사진, 그런
사진이 너무 많아 저장공간이 부족한 내 핸드폰,
그 안에서 심심하지 않게 나랑 대화를 주고받아주
는 사람들, 응어리진 마음의 실마리를 정리해 주
는 글쓰기, 그런 글쓰기를 주제로 이끌어가고 있
는 모임, 과거의 내가 지금의 나에게도 위로를 주
는 문장을 몇몇 구석에 써낸 나의 독립출판물, 무
심코 들렸던 가사가 내 귓속에 확 감겨버리는 노
래 한 곡, 끄적이다가 얻어걸린 느낌 있는 낙서,
시간 가는 줄 모르고 새벽까지 몰입하게 되는 책
이나 드라마, 눈길이 머무르는 담백한 문장 한 줄,
월요일 저녁 수업이 끝나고 마시는 맥주 한 캔, 함
께 먹는 컵라면이나 삼각김밥 그리고 감자칩, 요
가수업이 끝난 뒤 어둠 속의 사바사나 5분, 수업

중 예상치 못하게 회원님들과 웃음이 터지는 순
간, 공연 보러 온 친구가 선물해 주는 꽃다발, 그
꽃을 최소 일주일 동안 잘 관리했을 때, 무대가 끝
난 뒤 이어지는 커튼콜과 관객과의 대화, 그런 하
루의 끝에 내일이 없는 것처럼 마시는 술자리, 연
극을 시작하기 전 아이디어를 내뱉는 시간, 유독
연습이 잘 되는 어느 날.

이 모든 걸 나는 사랑한다.

떠나(려)는 것이 취미

정민

　요 며칠 날씨가 흐리다. 입춘은 한참 전에 지났는데 여전히 찬 공기가 가시지 않는 것이, 도대체 봄은 언제 오려나. 알람 소리에 눈을 떠 커튼은 걷는다. 창문 안팎으로 햇살이 없어 어두컴컴해 괜히 기분이 별로다. 핑계 삼아 엄마에게 연락했다. 기분이 꿀꿀하니 우리 집 강아지 사진을 좀 보내달라고. 강아지 사진을 보며 양치를 하다, 곁눈질로 슬쩍슬쩍 바라보는 창 밖은 여전히 회색빛이다.(우리 집 전망이 앞집 뷰인 탓도 있다) 비슷하게 어두운색의 옷을 꺼내 입고 출근길에 오른다. 아 맞다, 우산.

떠나고 싶다는 생각이 간절해지는 시기가 있다.

Leave all Behind 말고, 적당히 한숨 내려놓고서 다시 내가 있어야 할 곳으로 돌아오는 그런 짧은 일탈, 여행. 개인적으로 이런 순간은 계절지수보다는 감정지수를 따라온다. 일이 힘들거나 복잡해서, 생활이 힘들거나 복잡해서, 마음이 힘들거나 복잡해서. 나는 정면으로 받아치기보다는 늘 이렇게 회피하는 편이다. 여행이 근본적으로 힘들거나 복잡함을 해결해주진 않는다. 잠시 잊게 해 줄 뿐이지.

현재를 회피하고 싶을 때 어딘가로 떠난다. 돌아와 아무 일 없었던 것처럼 내 앞의 문제들을 해결한다. 더 이상 떠날 곳이 없어서, 여행까지 다녀온 이상 다른 변명거리가 없어서, 그제야 내 문제들을 정면으로 받아내기 시작하는 것뿐이다. 부쩍 떠나고 싶다는 생각이 많이 드는 걸 보니 다시 또 문제가 잔뜩 쌓여버렸고, 나는 더 이상 피할 곳이 없나 보다.

내 취미는 여행이다. 아니, 회피인가.

*

막상 떠나오면 즐길 줄 안다. 비싼 돈을 주고 왔
으니까. 혼자서 궁상맞게 돌아다니고 싶지 않아
서, 주변 신경을 쓰지 않아도 되어서.

음식은 어떤 것이든 잘 먹는다. 딱히 알아보지
않고 발이 닿는 음식점에 간다. 와중에 현지인만
있다거나, 맛이 있으면 두 배로 기쁘다. 관광 명소
에도 가본다. 투어도 신청해 열심히 설명을 듣는
다. 가능하다면 수영을 한다. 계획에 없더라도 수
영복은 꼭 챙겨간다. 이럴 땐 남자라서 감사하다.
트렁크 팬티 같은 수영복 하나만 챙기면 되니까.

그리고 탈것을 꼭 타본다. 버스나 지하철, 가능
하면 자전거도. 지금까지의 여행지에서 살아있길
잘했다는 감정을 느껴본 적이 몇 번 있다. 브루클
린에서 자전거를 타고 센트럴파크까지 갔을 때,
자동차로 미국을 횡단했을 때, 도쿄에서 레이싱
카트를 운전했을 때, 파리 시내에서 킥보드를 타
고 돌아다닐 때였다. 여행지의 공기가 바람이 되
어 뺨을 스쳐 지나가는 순간이 좋았다.

여행지의 저녁에는 맛있는 음식과 술을 함께 곁들인다. 대부분 맥주다. 낯선 곳에서 오늘 하루의 생존을 축하하기 위함이다. 별일 없이 낯선 곳에서 살아남아 기쁘다. 내가 여행이 좋은 이유는 단순해질 수 있어서다.

휴대전화가 터지지 않아서.
답장을 늦게 해도 변명할 수 있어서.
불편한 약속에 못 갈 수 있어서.
혼자 밥을 먹어도 서글프지 않아서.

맥주를 맛있게 먹을 수 있어서.

사진, 그 멈춰 있는 아름다움에 대하여

용신

내 삶 속에서 사진이 언제부터 시작되었느냐고 물으면, 나는 농담 반 진담 반으로 유치원 생 때부터 찍었다고 이야기한다. 농담은 그 시절에 아직 제대로 된 사진을 시작하지 않았다는 의미고, 진담은 그때부터 이미 카메라와 사진에 관심을 가졌다는 진실이다.

지금은 사진을 찍는다. 정확히 말하자면, 다른 이들과 공유할 수 있는 사진을 찍는다. 그것으로 이야기를 만들고, 소통하며, 더욱 풍요로운 경험을 만들어내는 것을 즐긴다.

나는 왜 사진을 찍을까?

사진을 찍는 이유는 무엇일까?

기록하기 위해서일까?

추억하기 위해서일까?

예술을 표현하기 위해서일까?

다른 이들에게 보여주기 위해서일까?

나는 이것이 마치 '요리'와 같다고 생각한다.

'음식'과 '요리'는 명백히 다른 가치를 지니듯이, '사진'과 '찍는 것' 역시 엄연히 다른 가치를 가진다.

너무 배고프면 음식을 먹는 것처럼, 우리는 기록하고 잊지 않으려고 할 때 사진을 찍는다. 배가 고픈 사람에게 코스 요리를 기다리라고는 하지 않는다. 그러나 요리를 즐기는 사람은 있다. 요리하는 과정 자체가 즐거울 뿐 아니라, 내가 정성스럽게 요리한 음식을 먹는 사람들을 보며 행복해지기도 한다. 냉정히 판단하면 내가 들인 시간과 비용을 따졌을 때 사 먹는 게 편하고 맛있을 것이다.

내가 존경하는 금강선 디렉터가 한 말이 있다.

"낭비 없는 낭만은 없다."

그것이 나에게는 사진인 것 같다. 특히 '사람'을 담는 사진은 더욱 그렇다. 사람을 담는 사진이 나에게 특별한 이유는, 사람의 모습이 시간에 가장 민감하면서도 둔감하게 다가오기 때문이다. 마치 후각이 예민 하면서도, 가장 둔감해지듯이.

우리는 지금의 모습이 가장 변화가 없다고 생각하지만 막상 과거의 사진을 보면 언제 내가 이랬었지? 하는 것처럼 사람의 모습을 담은 사진은 둔감하게 지나가버릴 수 있는 일생의 순간 순간들을 민감하게 잡아낸다. 또, 그 순간순간 담기는 모습과 감정은 모두 다르다. 사람의 모습과 감정이 시간이 지남에 따라 변화한다는 것은 참 매력적이다. 나는 사람을 담는 사진을 통해 그 순간의 아름다움과 감정을 영구히 기록할 수 있다는 사실에 큰 가치를 둔다.

사진은 우리를 언제나 기억 속으로 다시 돌려보낸다. 추억을 떠올리다보면 당시의 감정을 선명해지고, 특별했던 경험을 더욱 특별해진다.

파리의 양파수프는 컵라면 맛이 아니었다

정민

5년 가까이 다녔던 첫 회사를 그만두고 약 한 달 정도의 시간이 주어졌다. 이직은 직장인 유일의 방학이라고 했던가. 외근이며 출장에서 바쁘게 오고 갈 때마다 마주치는 여유 있는 사람들, '도대체 저 사람은 뭐 하는 사람이길래 이 시간에 놀지?'의 '뭐 하는 사람'이 되어보고 싶었다. 가보지 않았던 서울 곳곳을 돌아다녀 보고 싶었다. 여행을 떠나볼까도 생각했었다. 그렇다. 생각만.

나는 알고 있었던 것보다 더 책임이나 규칙, 제

도 없이는 주르륵 늘어지는 사람이었다. 이상하게
도 내 방 침대에만 유독 중력이 강한 것인지, 침대
를 벗어나는 데에도 많은 동력이 필요했다. 그저
시간과 상관없이 눈이 떠지면 일어나고, 필름이
끊기면(?) 잠드는 백수 첫 주차를 보냈다.

사실 무서웠다. 새로운 곳에서 나의 쓸모를 다시
금 증명할 수 있을지 자신이 없었다. 이직 준비와
퇴사의 긴장감과 해방감, 쌓아 온 것에 대한 허무
함, 새로운 환경에 대한 두려움 같은 것들이 나를
침대 밖으로 나가지 못하도록 붙잡고 있었다. 하
루는 이직 선배이자 직장동료였던 Y의 호출로 겨
우 몸을 일으켜 근처 카페로 나섰다. Y는 내 몰골
을 보자마자 타박하기 시작했다.

"지금 여기서 뭐 하는 거야, 하루가 아까운데!"

"평소에 가보고 싶었던 곳 없어?"

없었다. 늦은 저녁 시간이라 안온한 내 방이 그
리웠다. 딱히 머리를 굴리고 싶지 않아, 파리를 가
보지 못했다고 대답했다. Y는 대학 시절 가족여행

으로 다녀온 파리를 묘사했다. 맛있는 크루아상과 마카롱, 어디서든 보이는 에펠탑, 파리 그 자체가 주는 낭만과 감동에 대해서.

"파리는 왜 가보고 싶어?"

"양파수프를 먹어 보고 싶어."

그 자리에서 다음 날 저녁 출발편의 비행기를 발권하고, Y의 도움으로 숙소까지 결제했다.

의외로 가고 싶은 이유는 확실했다. 양파수프. 두 번째 대학생활을 돌이켜 가장 강렬한 기억이 나에겐 양파수프였다. 지금 생각해 보니 왜 그렇게까지 몰아붙였나 싶지만, 미국에서 돌아와 다시 시작한 대학생활은 나에게 커다란 죄책감이었다. 손가락질을 받기 전 마지막 유예기간이라 여겼다. 편입생이 된 2년간 나의 쓸모를 다시 증명해야 했다. 가능한 손 벌리지 않고, 빠르게 졸업하기 위해 분투했다. 학점은 초과해서 들었고, 6시를 꽉 채운 수업이 끝나면 알바를 하느라 뛰어나가야만 했다. 자정이 다 되어 집으로 돌아오면 그제야 라면이나 삼각김밥으로 저녁을 해결했었다. 그러다 누나가 짜장 컵라면 몇 박스를 택배로 보내준 적이 있었는데, 몇 달간은 그 짜장 컵라면으로 저녁을 해결했다. 돈을 아꼈다며 좋아했지만 위경련으로 응급실에서 쓴 돈이 더 많았다.

그때 살았던 자취방은 월세 15만 원의 허름한 곳이었다. 공사장을 몇 군데 지나 가로등이 없는 골목의 끝 집이었는데, 길목에는 깨진 유리조각이 많아 신발에 항상 유리조각이 박혔다. 자취방에는 LCD TV가 옵션으로 있었다. 14인치 정도의 작고 두껍고 무거운 TV였는데, 집주인이 옵션이니 절대 버리지 말라며 당부했었기에 가구가 없어 바닥에 놓인 채 내가 집을 나갈 때까지 그 위치가 바뀌지 않았다. TV는 흐릿했지만 괜찮았다. 짜장 컵라면에 물을 부으며 TV를 켤 때면 항상 '원나잇 푸드트립'의 파리 편이 방영되었다. 어떻게 매번 같은 시간에 같은 편이 방영되었던 건지 모르겠지만, 그나마 곰팡이가 덜 누덕누덕한 벽을 찾아 기대어 컵라면이 익길 기다리며 쳐다보고 있노라면, 그만한 환기가 없었다.

설익은 면을 젓가락으로 휘휘 젓고 있으면 때맞춰 양파수프를 먹는 장면이 나오곤 했다. 파리 느낌이 충만한 베레모를 쓴, 잘 차려입은 출연자와 아기자기한 가게, 김이 모락모락 나는 양파수프와 빵. 호들갑과 감탄사가 오가는 배경에는 에펠탑이 슬쩍슬쩍 보였다. 그렇게 양파수프의 맛을 몇십 번 상상만 하다 그 집을 떠났다.

*

아침 10시라는 애매한 시간 덕분인지 가게에는 손님이 아무도 없었다. 피곤한 얼굴의 마른 종업원은 인사대신 어디든 편히 앉으라는 제스처를 보였고, 노점 자리에 앉았다. 왼편에는 가로수 사이에 살짝 가려진 에펠탑이 보인다. 고개를 빼 위를 쳐다보니 꼭대기가 올려다보이지 않을 정도로 웅장하니 가깝다. 음, 비현실적이군.

커피와 양파수프를 주문했다. 커피가 먼저 나왔다. 에스프레소였다. 난 분명 레귤러커피를 주문했는데, 집게손가락으로 잡을 수밖에 없는 잔이

나오자 당황했으나 원래부터 즐겨 마시던 사람인 척하기로 했다. 곧이어 적당한 크기로 잘린 바게트와 양파수프가 내 앞으로 나왔다.

기분 좋게 달큰한 향이 피어올랐다. 그릇은 생각보다 작았지만 양은 충분했다. 대충 사진을 찍고 숟가락을 집어 들었다. 곱게 녹아 올려진 치즈를 같이 떠올려 입에 넣었다. 짜고, 달고, 따뜻했다. 상상했던 맛은 아니었으며, 짜장 컵라면의 맛은 더더욱 아니었다. 혀가 아릴 정도로 그날의 기억들이 한 번에 몰려왔다. 나는 꽤 절박했고, 가여웠다. 날아드는 벌레와 잔뜩 핀 곰팡이를 요리조리 피해 앉아 컵라면이 익길 기다리던 나는, 그날 그렇게 완전히 보상받았다.

조금 더 앉아 있을까 고민하다 조용히 일어났다. 주책스럽게 감상에 더 빠질 것만 같았다. 갑작스럽게 온 만큼 파리 여행의 계획이 없었지만, 이만하면 됐다는 생각을 했다. 그제서야 새로운 회사와 나의 쓸모에 대한 두려움을 내려놓았다.

내게 여행을 종용해 준 Y에게 감사하며.

기억을 담아두는 '찰나'

예슬

PART 1

나의 첫 기억은 엄마 손을 잡고 놀이터를 지나 집으로 들어가는 길목이다. 엄마에게 뭐라고 꼬물꼬물 말하는 내 입 모양이 그려진다. 뭐라고 말하는진 모르겠지만, 이것저것 보고 들으며 익힌 단어를 순서 없이 나열했을 게 분명하다. 흐릿한 기억을 색칠하다 보면 나는 빨간 외투를 입고 있는데, 그 옷은 나의 애착 아우터였는지(혹은 엄마의 취향이었을지도) 귀요미 시절이 가득 담긴 앨범 속에서 자주 발견된다. 빨간 옷과 더불어 배경으로 자주 찍혀있는 그 당시 내가 살던 집에 대해서도 앨범 속 사진의 도움을 받아 조금 더 떠올려 보겠다.

군데군데 녹슬어있는 은색 철제 대문을 지나 안으로 조금 걸어 들어가면 나오는 벽돌색 단독주택 일 층. (대문 색상까지 기억에 나는 건 사실 사진 덕분은 아니고, 오랜만에 만나는 삼촌을 맞이하러 현관에서 대문까지 달려 나가다가 대문 턱에 걸려 넘어져서 맛본 인생 첫 쌍코피 덕분이다.) 주인집은 따로 있었고, 몇몇 가구와 함께 서로 다른 현관을 두고 세 들어 살았던 우리 집. 사진을 따라 기억을 더듬어 짐작해 보건대, 다섯 살 터울의 동생이 태어나 백일잔치를 할 때까지는 그 집에 쭉 살았다. 방 두 개와 좁은 거실 겸 부엌이 있는 소박하고 아담한 공간은 햇살이 잘 들었는지 따뜻한 노오란색으로 이미지가 남아있다.

동생이 태어나기 전까지 엄마아빠와 함께 자던 큰 방과 체리색 책장, 빨간 전기밥솥이 있었던 작은 방은 그 시절 내 사진의 주 무대다. 밥솥이 기억나는 이유는 작은 방의 한쪽 벽지는 밥솥에서 나오는 열기로 옅게 그을려있었기 때문이고, 책장이 기억나는 이유는 그 체리색 책장이 지금도 부모님 댁 서재에서 세월을 품은 책들과 함께 그대로 있기 때문이다.

또, 동생의 백일잔치 사진의 배경으로도 체리색 책장과 빨간 밥솥이 등장한다. 그날의 스펙터클이 고스란히 담긴 사진을 들여다보니, 큼직한 리본이 달린 핑크색 공주 머리띠를 하고 노란 한복 저고리에 자주색 치마를 입은 내가 갓 백일 된 동생을 장난감처럼 마구잡이로 들어 올리고 있다. 뒤엉킨 우리가 뒤엎기 일보 직전으로 추측되는 잔칫상의 배경으로 옅게 그을린 노란 벽지와 책이 가득한 체리색 책장이 있고, 사진의 귀퉁이는 빨간 밥솥 뚜껑도 살짝 보인다.

언제부터 내가 '생각'이란 걸 하고, '말'이라는 걸 내뱉으며 '기억'을 할 수 있게 되었는지 모르겠지만, 조각조각 남아있는 어린 기억의 단상이 비교적 선명한 이유는 바로 엄마가 정성을 다해 꾸며놓은 앨범 덕분이다. 엄마는 사진 옆에 날짜와

작은 메모를 남겨두셨고, 생일이나 어린이날 같은 기념일에는 장문의 편지도 더러 써두셨다.

'이번 달에 아빠가 비염 수술을 해서, 어린이날에는 예슬이가 원하는 선물을 사주지 못할 것 같아 미안해.'

'입원한 예슬이는 병원에서도 새 친구를 사귀며 잘 지낸다. 하지만 예슬이가 아프지 않고 건강했으면 좋겠다.'

가끔 방 청소를 하다 우연히 앨범을 발견하면, 한 시간이고 두 시간이고 들여다보며 생각도 안 나는 시절의 기억을 다시 채우고 차곡차곡 정리하곤 했다. 요즘도 종종 고향집에 내려가면 그 기록을 읽어보는데, 찬찬히 들여다보고 있으면 그 당시 엄마의 모습과 마음이 상상된다. 얼마나 나를 사랑했으면 그런 정성이 나올 수 있는지, 나는 그녀의 세상을 가득 채우는 재롱둥이였던 것이 분명하다. 지금의 나보다 서너 살쯤 어린 엄마가 꾸려놓은 사랑 속 내 어린 시절은 제법 귀엽고 상당히 해사하다.

뽀글거리는 폭탄 머리를 양 갈래로 묶고 볼을 빵빵하게 부풀린 만두 예슬, 아빠의 등산 가방에 들어가 짐짝이 된 채로 산 정상에 올라 높은 공기를 맡는 신생아 예슬, 풍선을 넣은 게 아니라면 사람의 배라고 믿기지 않는 배볼똑이 예슬, 모르는 누군가의 품에 낯가림 없이 편안하게 안겨있는 사랑둥이 예슬까지.

이렇게 다양한 찰나가 포착된 사진으로 어린 시절을 기억해서 그런가. 난 동아리 생활을 할 때도 해마다 사진을 뽑아 일 년을 기록하는 동아리 앨범을 꾸며놓는 일에 열정을 다했다. 연애할 때도 기념일이면 추억이 담긴 사진을 인화해 앨범을 두 권씩 펼쳐두고 함께 정리하는 시간을 보내곤 했다. 나는 기억력과 관찰력이 꽤 좋은 편이다. 그 이유는 내가 사진을 자주 들여다보고, 그 순간을 떠올리며 기억을 되새김질하는 행위가 습관처럼 몸에 달라붙어 있기 때문이 아닐까 한다.

쓰다 보니 사진을 말하는 서두가 길어졌다. 어쩔 수 없었다. 사진을 취미로 생각하다 보니, 찍는 행위뿐만 아니라 '사진' 그 자체를 좋아하는 내 모습이 너무 많이 떠오른걸. 어린 시절 엄마가 만들어준 앨범, 그 앨범 속 사진을 위해 카메라 셔터를 수없이 눌렀을 아빠로부터 시작한 나의 사진 이야기. 꾸럭미가 넘치던 꼬마는 어느덧 사진 찍는 것과 찍히는 것을 둘 다 좋아하는 어른이 되었다. 핸드폰 사진첩이 꽉 찬 덕분에 저장공간을 추가 구매하라는 메시지를 자주 만나 추가결제를 할지 말지 자주 고민하고, 언제부턴가 친구들과 떠난 여행에서 삼각대를 들고 두리번두리번 포토스팟을 찾는 것 또한 자주 내 몫이다.

그렇지만, 나는 카메라를 잘 모른다.

PART 2

　사진을 업으로 하는 지인들에게 어깨너머 몇 차
례 카메라 다루는 법을 배운 적도 있다. 조리개가
뭐고 노출이 어떻고, ISO가 어떤 기능이고 하면서
분명 듣긴 들었다. 게 중 누군가는 과학 수업 마냥
빛의 굴절 각을 종이에 그려주면서 나에게 잘 알
려주기 위해 애썼다. 하지만 여태껏 어깨너머 그
이상을 습득하진 못했다. 막상 카메라를 손에 쥘
때면 배웠던 것은 하나도 생각나지 않고, 찰나의
순간 포착만이 눈에 들어오는 걸 어째. 결국, 그냥
감으로 대충 이것저것 조작하다가 느낌이 오는 순
간 '찰칵~'누르기 일쑤다.

　다행인지 불행인지 그럼에도 나오는 결과물을
좋게만 봐주는 착한(?) 사람들이 곁에 많다. 덕분
에 카메라에 대한 흥미는 그대로 유지한 채, 조금
더 열심히 해야 하지 않을까 조바심만 지니는 취
미가 되었다. 기분이 좋거나, 날씨가 좋으면 카메
라를 챙긴다. 가슴에 손을 올리고 사진에 대해 생
각하면 심장이 콩닥콩닥 뛴다. 굉장히 좋아하는
일이 맞는데, 왜 사진에 대한 열정은 100도까지

끓지 않는지. 친구가 스쳐 지나가듯 언급했던 개인 스케줄은 잘 기억하면서, 정작 카메라 조작법은 왜 잘 생각나지 않을까. 나도 나를 참 알 수 없다. 카메라 다루는 법을 배웠던 과거의 나에게 배신당하는 현재를 몇 차례 살다 보니 가까운 미래의 나에게도 사진은 한동안 취미 영역에 머물 것만 같다는 생각도 든다.

고백하자면 이십 대에 취미였던 연극이 일이 되었고, 삼십 대에 취미였던 글과 요가가 일이 된 것처럼, 사십 대의 버킷리스트로 취미인 사진이 '일'이 되길 내심 바라고 있다. 왜 사십 대냐고 묻는다면, 사진을 '일'로 하게 된다면 웨딩촬영 작가가 되고 싶기 때문이다(내가 결혼하기 전에 웨딩촬영 작가가 되면 부러움에 배가 아파질 게 분명해서 뒤로 미루는 건 아니다, 내가 그 순간을 경험해보고 난 뒤에 타인의 결혼을 남겨주고 싶은 게 진심이다).

인생의 소중한 순간을 마치 영화나 연극의 한 장면처럼 기록해 주고 싶달까. 스스로 직접 볼 수 없지만, 상대방은 이미 느끼고 있는 당신의 가장 사랑스러운 찰나를 대신 포착하고, 어린 시절 내가 엄마에게 선물 받았던 그 앨범처럼 사진을 잔뜩 찍고 정성껏 꾸며 전해주는 일을 해보고 싶다. 내 시선 속 두 사람의 모습을 열심히 관찰해 예쁘고 담백한 문장도 곁들여 남기면 어떨까. 내가 만드는 작품에 담겨질 사랑이 언젠가 잠시 까먹거나 옅어질지 모를 감정의 한 줄기를 살포시 일깨워 줄 수 있는 계기가 된다면 정말 설명할 수 없이 행복하겠지.

'서로 바라보는 눈동자가 여우비가 내리는 오늘의 습기를 머금어 상대방을 더 촉촉하게 비추고 있었다는 사실, 두 사람은 알까요?'

결론은 하나의 직업으로 먹고살 수 없는 백세시대. 자연스럽게 나에게 일이 된 다른 영역처럼, 언젠가 사진도 나에게 일이 되는 찰나가 찾아왔으면 좋겠다.

(그런 날이 오겠지?)

새벽 2시, 머리를 식히는 시간

용신

　새벽 2시. 내가 가장 정적인 글을 쓰는 시간이다. 바탕화면에는 다양한 카메라 스펙이 적힌 스크린샷 이미지들이 모여 있다. 누가 시키지도 않았건만, 글을 다썼음에도 수정을 거듭하고 발행 버튼을 누르기까지 1시간 동안 고민하고 있다.

　사진기에 대한 열정이 가득 찬 이 시간. 모델명과 스펙을 말하는 수많은 숫자가 뒤섞인 종이를 보면서도 또렷하게 맑은 정신이 그 증거다.

오후 2시. 사무실에서 전화와 서류를 뒤적이며 무엇인가 계속 쓰고 있지만, 그 텍스트는 내 머릿속을 과열시킬 뿐이었다. 정리가 되지 않은 정보와 지식이 머릿속을 채웠고, 정리가 필요했다. 그래서 나는 이 새벽 시간에 나만의 글을 쓰기로 했다. 마치 혼돈 속에서 질서를 찾아가는 과정이었다. 내가 좋아하는 것들, 내가 관심을 갖는 것들에 대해 글을 쓰는 것은 나에게 일종의 치유의 시간이었다. 이 시간만큼은 내가 진정으로 즐기는 것에 몰두할 수 있었다.

내가 쓰는 글은 카메라 리뷰다.

렌즈를 통해 바라보는 세상은 단순하면서도 복잡하다. 그리고 그 순간을 캡처하는 카메라의 기계적인 움직임은 정교하면서도 사용자의 바람에 따라 그 움직임을 잡아낸다. 그러한 카메라에 대한 내 열정은 단순히 스펙을 나열하는 것에 그치지 않았다. 사진을 통해 세상을 보는 방식, 순간을 기록하는 기술, 그리고 그 안에 담긴 예술적 요소들이 나를 사로잡는 것만 같았다. 그 누구도 설명해 주지 않았던 사진의 즐거움을 깨닫게 되면서 하나하나 기록하던 나의 글과 정보가 모여 리뷰가 되었다.

"와…(따봉) 프로2, T1 들이고 X100T 방출할지 고민 중이었는데.. 이 글을 보니 놔두어야겠습니다!"

신기했다. 내가 카메라 리뷰에 달린 첫 댓글. 얼굴도 모르는 사람이 내 글로 인해 생각이 바뀌었다는 이야기. 필름 카메라처럼 생겨서 예쁘기만 하고 기능은 좋지 않다는 X100이라는 카메라가 기능적으로도 얼마나 많은 잠재력을 가지고 있는지 알려주고 싶어서 써본 첫 리뷰였다.

내 취미는 카메라 리뷰다.

적지 않은 시간과 비용을 투자해 사람들은 카메라라는 물건을 손에 넣게 되지만, 막상 카메라가 가진 능력 중 아주 극히 일부만 사용하면서 촬영의 즐거움을 깨닫지 못하고 있는 것만 같았다. 나는 많은 사람들이 카메라가 가지고 있는 다양한 요소들을 통해 사진 찍는 것에 대한 더 큰 즐거움을 느끼게 해주고 싶었다.

다양한 카메라의 스펙을 비교하며, 어떤 카메라가 어떤 상황에 더 적합한지 분석하는 것이 재미있었다. 이러한 분석은 내가 새로운 시각으로 사진과 카메라에 대한 세상을 바라볼 수 있게 해주었다. 어쩌면 내가 정말로 관심을 가지는 것은 단순히 기계적인 스펙이나 숫자가 아니라, 그것이 어떻게 사람들에게 감정을 전달하고, 순간을 기록하며, 이야기를 전하는 건 아닐까라는 생각이 들었다. 카메라는 단순한 도구가 아니라, 세상과 소통할 수 있는 하나의 거울 같다는 생각이 들었다.

글을 마무리하고 발행 버튼을 누르기 전, 잠시 동안 나는 이 모든 과정을 돌아본다. 나의 관심사와 열정, 그리고 그것을 통해 얻은 깨달음들이 모두 이 글에 담겨 있다. 발행 버튼을 누르자, 새벽의 고요함 속에서 나의 작은 작품이 세상에 공개되었다. 나만의 작은 세계가 세상과 연결되는 순간이다.

언젠가, 어느 날 머릿속 정리가 필요하게 되는

날, 다시금 새벽의 정적 속에서 글을 쓸 상상을 한
다. 지금 꼭 글을 쓰고 있지 않더라도, 그 순간을
상상하는 것만으로도 삶의 작은 기쁨이자 의미가
되었다.

사랑

사랑

참외, 엄마의 계절 / 본 적 없는 아빠에게

정민

PART 1

참외, 엄마의 계절

봄 참외가 벌써 나왔다. 제철은 분명 여름인데, 긴 팔 옷소매를 걷어 볼까 할 무렵, 벌써 노란 참외가 좌판에 깔린다. 잘 익은 듯 샛노란 빛깔에 어울리지 않는 눅눅한 풀향은 꽤 멀리서부터 맡을 수가 있어서, 장을 보러 오가다 벌써 참외가 나오냐며 흠칫 놀랄 때가 있다.

우리 엄마는 참외를 참 좋아한다. 단감도 좋아하고 곶감도 좋아하는데, 그중 참외를 제일 좋아하는 것 같다. 밥을 먹고 나면 꼭 참외를 깎아준다. 속에 있는 씨를 함께 썰어 접시에 담아줄 때도 있고, 씨를 다 걷어내고서 내어줄 때도 있다. 배가 아플 수도 있다나. 우리 가족들은 참외가 꽤 익숙한 과일이라 다른 집에서도 종종 참외를 먹겠지 했었는데, 언젠가 우리 집에서 친구들이 밥을 먹고 간 날, 참외를 몇 년 만에 먹어본다며 신기해했다.

우리 집 강아지도 참외를 좋아한다. 씨를 발라준 참외 몇 조각에 영혼을 팔 기세로 학습했던 모든 행동(앉아, 엎드려, 뒤집어가 전부다)을 반복하는데, 잘게 자른 참외 조각을 한 손에 들고 강아지와 대치하는 엄마를 멍하게 바라보며 참외 이게 그렇게 맛있냐며 심드렁하곤 했다.

우리 엄마는 참외를 참 좋아한다.

*

　나는 사실 엄마가 좋아하는 것을 잘 모른다.

　'아들은 무심하다'라는 세상 모든 아들들이 변명거리로 쓸 속 편한 문장이 있어서, 그저 무덤덤해도 되는 줄 알았다. 누나가 있으니까, 나는 멀리 떨어져 있으니까, 난 아들이니까, 내 앞가림하기도 힘드니까, 엄마는 이해해 줄 거니까.

　언제인가 대구로 내려가는 길에 들른 마트에서 참외가 참 실하고 향긋해서, 별생각 없이 한 봉지를 샀었다. 현관문을 열고서 난리 치는 강아지와 재회의 순간을 적당히 나누고 엄마한테 참외 봉지를 내밀었다. 늦은 밤인데도 눈이 동그랗게 커져서는, 너무 맛있겠다며 지금 당장 먹어 보자며 참외를 씻으러 부엌으로 향했다.

　엄마는 참외를 참 좋아했구나.

*

나는 부족함 없이 자랐다.

아빠가 없긴 했다. 차 사고로 요절했다. 내 나이 다섯 살이었고, 엄마는 서른두 살이었다. 아빠의 부재를 크게 느끼지 못했던 까닭은 순전히 그녀의 치열함이자 처절함이었다.

당시 엄마의 나이를 지나쳐 오는 요즘엔 그녀의 삶에 대해 생각하는 순간들이 많다.

그녀는 엄마가 되고 싶었을까.
그녀는 나의 엄마이고 싶었을까.
그녀는 상실을 어떻게 받아들였을까.
그녀는 홀로 아이를 키울 자신이 있었을까.

서른다섯이나 된 그녀의 자식을 보며 지난날을 어떻게 회상하고 있을까.

참외 한 봉지에 배시시 웃으며 부엌으로 달려가는, 자그마한 저 소녀 같은 익숙한 뒷모습을, 나와 누나는 세상에서 가장 순수한 믿음으로 따라 걸었다. 뒷모습만 보느라 미처 살피지 못한 그녀의 표정과 감정은 그녀의 나이를 지나서야, 이제야 감히 상상해 볼 수 있게 되었다.

세상에 버림받았다 생각했을 그녀의 삼십 대를 말이다.

나는 그녀 삶의 목적이자 목표였을까.
나는 엄마의 자존심이자 자부심일까.

언젠가 나도 참외를 좋아하게 될까.

PART 2

본 적 없는 아빠에게

제목을 쓰고서 꽤 많은 시간을 멍하니 모니터만 쳐다보고 있었습니다. 분명 할 말이 많을 거라 생각했는데, 언젠가 이런 순간이 오길 바라기도 했었는데, 도무지 무슨 말부터 꺼내야 할지 모르겠습니다. 아빠란 단어가 어색합니다. 주변 사람들이 아빠라는 단어를 아무렇지 않게 꺼낼 때에도 괜히 내가 어색합니다. 아직까지도요. 그래도 지금은 조금 노력해 보겠습니다.

저 잘 살고 있습니다.

아빠, 당신이 이 세상을 떠난 나이를 무사히 잘 지나왔습니다. 그 해에는 엄마가 꽤 예민했었습니다. 운전하는 것을 평소보다 더 싫어했었고, 내가 여행을 가거나 출장을 가면 저녁때마다 하지 않던 전화를 하곤 했었습니다. 왜 이렇게 예민하냐며 투덜거려 볼까 생각도 했는데, 아빠 당신이 떠올라서, 차마 입이 떨어지지 않았습니다. 그저 나는 잘 먹고 잘 지내고 있다며 안심시킬 수밖에 없었습니다.

제가 궁금하진 않으신가요.
혹시라도 제가 아빠 당신을 원망할까 봐, 꿈에서라도 나타나지 않는 걸까요.

저는 괜찮습니다. 딱히 원망했던 적은 없습니다. 오히려 이런 말을 하면 슬프지만, 당신이 일찍 제 곁을 떠날 사람이었다면, 그럴 운명이었다면, 당신에 대한 기억이 채 완성되기 전에 떠나 주어서 감사하다는 말을 하고 싶었습니다. 아빠 당신을 보낸 시간이 이미 아스라이 흘러버려서, 슬픔이 그저 아쉬움으로 바뀔만한 충분한 시간이어서.

'덕분에'라는 단어가 당신에게는 가슴 아픈 말이 겠지요. 그렇지만 덕분에, 지금 우리 가족은 더할 나위 없이 행복합니다.

아빠 저는 꽤 잘 컸습니다.

키도 큽니다. 얼굴도 이 정도면 뭐.. 나쁘지 않은 것 같습니다. 사회 구성원으로 제 몫도 잘 해내고 있습니다. 틈틈이 여행도 다닙니다. 공부도 잘 하고 있습니다. 당신의 부재 덕분인지 사춘기는 별 탈 없이 지나왔습니다. 아빠 당신의 빈자리를 느끼지 못할 정도로 사랑을 많이 받았습니다. 부 단한 엄마의 노력 덕분입니다. 언젠가 기회가 된 다면, 엄마한테 슬쩍 고맙다 인사를 해주시는 건 어떨까요.

한 번 보고 싶습니다.

어색하겠지요. 부자의 연은 책에서도 TV에서도 많이 봤는데, 아빠 당신과 저의 재회는 도무지 그림이 그려지지 않습니다. 다행히 술을 좋아했다 고 들었습니다. 아빠 당신이 첫마디를 꺼내기 어 려우시다면, 조용히 술잔을 채우겠습니다. 취기가 조금 오르면 그간 하고 싶었던 이야기를 쏟아낼 수 있을까요.

더 많은 대화를 하고 싶었는데, 안 그럴 줄 알았 는데, 괜스레 코끝이 시큰합니다.

아빠란 말을 당신을 떠나보낸 후의 30년보다, 오늘 하루에 가장 많이 불러본 것 같습니다.

언제가 될지 모르겠지만, 저도 아빠가 되겠지요.
그때 한 번 더, 아빠 당신을 떠올려보겠습니다.

처음으로, 사랑합니다.

당신의 아들이.

이별에 취약하지만,
이별이 두렵지는 않아

예슬

달력을 보아하니, 벌써 일 년이 훌쩍 지났다.

일 년 전 이맘때, 손끝을 시리게 만드는 추위가 조금 사그라들고 꽃잎이 얼굴을 내밀 듯했던 날. 늘상 뭘 먹고 싶냐는 질문에 일말에 고민도 없이 제육이라고 말하던 그가 그날 따라 파스타를 먹자고 했다. 이상했다. 3년 차 커플인 우리에게 파스타는 유독 꽂히는 날이 아닌 이상, 기념일이나 생일처럼 특별한 날에 먹는 메뉴였다. 여기서부터 눈치를 채고 아프단 핑계를 대면서 데이트를 취소했어야 했는데, 파스타 먹자는 말에 혼자 기뻐 방방방 뛰다 예상 못 한 헤어짐에 어퍼컷을 맞았다.

픽!

중학교 1학년 때부터 요조숙녀라는 드라마 속 사랑을 찾아 고군분투하는 김희선을 보면서 삼십 대에는 내가 꾸린 가정이 있을 거로 생각해왔다. 열심히 일하는 이십 대를 후회 없이 보내고, 결혼하는 삼십 대의 삶이 어린 눈에 멋지게 보였던 걸까. 어쩌면 결혼과 동시에 일을 그만두셨다가 내가 초등학교에 들어감과 동시에 새롭게 직장 생활을 시작한 엄마의 영향일지도 모르겠다. 열정적으로 일하다, 가정에 충실한 일정 시기를 보내고, 사십 대가 되면 다시 제2의 직업을 찾아 행복하게 내 인생을 살아가는 것. 막연하면서도 생각하면 기분이 좋아지는 오랜 나의 목표였다.

그런데 젠장. 남편과 자녀, 일이라는 두세 마리 토끼를 잡을 수 있을 거라 꿈꾸던 내가 이십 대의 끝자락에 덜컥 혼자가 되었다. 살짝 틀어진 인생

계획을 조금이라도 빠르게 정비하기 위해, 서른의 나는 정말 열심히 소개팅에 임했다. 그뿐인가. 다양한 장소와 모임에서도 호감이 느껴지는 누군가가 있다면 적극적으로 표현했다. 혹자는 남녀 관계는 전통적으로 여자가 적극적이면 망한다고 했는데, 정말 그건 과학적 진리인지(?) 인연을 찾는 건 정말 쉽지 않았다(!) 그렇게 약 일 년을 고스란히 감정을 소모하는데 쓰고 지쳐버린 나는 그해 연말 친구들과 스키장으로 가는 길목. 창문을 열고 고속도로에 냅다 마음의 소리를 질렀다.

"내년에는 절~대~로~ 소개팅 안~할~거~야~"

될 대로 되라며! 사랑둥이인 내가 연애를 반쯤 포기한 상태로 떠난 스키장. 그곳에서 그를 만났다. 리프트를 타기 위해 뒤엉킨 사람들 사이에서 우연히 딱 둘만 타게 된 리프트. 어쩌다 보니 공중에서 여러 번 멈춘 리프트 덕분에 우리는 하늘에서 대화를 시작했다. 그리고 얼마 뒤, 땅 위에서 연인이 되었다. 가타부타 한 여러 이유들로 연애의 시작을 마음먹는 것은 꽤나 힘들었다. 6살의 나이 차 (이럴 수가, 그는 생각보다 노안이었다), 국가의 의무를 다하기 위해 복무 중인 계약직 직업군인 (이럴 수가, 나도 내가 삼십 대에 곰신이 될 줄 몰랐다), 나의 결혼 적령기 (이럴 수가, 난 결혼하고 싶단 말을 입에 달고 다녔다. 간절히 바라면 이뤄진다는 말은 다 거짓말이다.) 나의 애정사업을 궁금해하는 엄마에게 은근슬쩍 재밌으라고 그의 나이를 이야기했다가 니 나이 서른에 소꿉놀이 하고 싶냐는 말을 듣고 아주 신속하게 전화 끊었으면 말 다했지 뭐.

　서른. 이제 연애 리허설은 끝낼 나이… 가벼운 마음으로 만났다가 빠르게 안 맞아서 헤어지면 모를까, 깊은 마음으로 어중간하게 만나다 이별하면 바로 결혼 적령기의 악수로 남을 연애가 되지 않을까. 여섯 살 많은 오빠도 아니고, 여섯 살 어린 동생을 내가 이성으로 만날 수 있을까. 오만 가지 생각이 다 들었지만, 그의 적극적인 구애는 지난날 서로 다른 방향으로 향하던 마음에 지쳐 무방비 상태가 된 나를 거침없이 뚫고 들어왔다. 더불어 일 년 중 내가 가장 가슴 설레 하는 연말 분위기까지 한몫하면서 우리는 연애를 시작했다.

좋았다.

내 인생에 이 추억이 없다면, 그 무엇보다 아쉽고 후회될 만큼.

열심히 사랑했다.

사랑이란 단어가 품고 있는 희노애락을 비롯한 모든 과정이 다 괜찮았다. 행복은 행복대로 예뻤고, 중간중간 끼어있는 다툼이 마무리될 때면 관계가 더 돈독해졌다. 그전에 해왔던 연애를 오답노트 삼아 만든, 최고의 답변들을 그와 나눴다. 연애 하는 내가 이런저런 시행착오를 겪으며 우당탕탕한 과거의 내가 아니라, 그때보다 조금 더 다듬어진 지금의 나라 다행이다 싶었다. 이별로 격하게 힘들어하는 과거의 나에게 다가가, 귓가에 살짝 이 말을 귀띔해주고 싶었다.

'이 사람을 만날 줄 알았다면, 혼자 지냈던 시간을 조금 덜 힘들게 보낼걸. 너는 곧 아주 멋진 사람을 만나게 될 것이기에 조금만 덜 아파라, 조금만 덜 버거워해라.'

"예슬님, 미안해요"

헤어짐을 말하는 그의 입을 막으며 시간을 멈추고 싶긴 했지만, 그가 힘겹게 꺼낸 결정은 존중해주고 싶었다. 그는 나에게 좋은 친구이자(그는 정말이지 나이에 걸맞지 않게 성숙했다), 든든한 지원군(내가 하는 모든 일을 다 멋있다고 해줬다), 같이 장난을 칠 수 있는 존재(내가 내뱉는 모든 드립을 거의 다 받아쳐주는 사람이었다)였다. 삼십 대 초중반 나의 삶이 여태껏 내가 살아온 그 어느 때보다 가장 마음에 들고, 반짝이고, 작은 성취로 가득했던 이유는 다 그가 내 곁에 있었기 때문이라 고민 없이 말할 수 있을 만큼.

그저 내 인생에 잠시 그를 잘 빌렸다가 돌려줄 때가 되었던 것일 뿐이다. 그 뿐이다.

좋았던 찰나를 내려놓아야 하는 순간. 그 빈자리를 어떻게 감당해야 할지 막막했다. 지난 실연은 또 어떻게 회복했던가. 누구나 경험하는 여러 가지 인생의 난관 중 나는 이별을 가장 고난도 시련이라고 생각하는데, 적어도 나에게는 그랬다.

학창 시절 교우 관계, 미대입시 실패, 재수, 진로 고민, 금전 문제, 이상 소견, 그 어떤 것보다 가장 가슴이 답답하고 숨이 안 쉬어질 만큼 불안했던 게 사랑의 상실이었다.

"아가씨는 이별을 거의 사별처럼 하는 사람이네. 한 번 헤어지면 정말 감정적으로 누군가의 죽음만큼 스트레스를 많이 받나 보다"

언젠가 내가 봤던 사주에서 이런 말을 들었다. 내가 느끼는 감정을 언어로 듣고 나니, 조금은 나를 이해하고 받아들이게 되었던 걸까. 세 번째 사별, 아니 이별은 이미 알고 있는 미래로 걸어 들어가는 기분이었다.

'한 2주는 제대로 못 먹겠지? 지난번처럼 대상 포진이 올라오면 어떡하지. 주변에서 또 걱정을 많이 하겠군. 이번에는 요가하다 픽 쓰러지지 않았으면 좋겠다. 이젠 강사로 매트 위에 서 있는 거라 회원님들 놀라신다. 엄마가 아침점심저녁으로 전화할 테고, 친구들은 날 혼자 두지 않으려 우리 집에 며칠씩 자고 가겠지.'

이별의 슬픔만큼 실연상태에서 비정상적일 나와 그런 나를 신경 쓸 사람들이 떠올랐다.

헤어진 다음 날, 그에게서 마지막 메시지가 왔다. 한참을 내려 읽어야 하는 장문의 카톡 안에는 이 연애의 끝을 아름답게 맺어주는 덕담들이 가득했다. 특히 '항상 건강하고 항상 명랑하고 항상 사랑하고 항상 행복하고 항상 예슬하길 기도한다'라는 문장에서는 눈물을 흘리지 않을 수가 없었다. 아니 마지막까지 취향 저격 라임 뭐냐고... 이별 주제에 왜 그렇게 예쁘고 난리인지.

한참을 울다 보니 배가 고팠다. 극도의 스트레스를 받으면 뭘 잘 못 먹는 사람인지라, 과거 이별 후유증 속 나는 음식만 봐도 토할 것 같다며 화장실로 달려들어 가는 사람이었다. 건강하지 못한 생활 속으로 나를 방치해두는 것을 스스로 자제하지 못했다. 하지만 이번에는 달랐다. 흘린 눈물만큼 물을 마셨고, 밥도 먹었다. 목구멍을 넘어가는 음식물의 이질감이 견딜만한 나를 보며, 어쩌면 지금 '내가 좋은 엔딩을 경험하고 있는 걸까?'라는 생각이 들었다. 물론 내일도 그와 영상

통화를 하며 고단한 하루의 끝을 마무리할 수 있다면 너무 좋겠지만, 그렇지 못하다면 취향저격 라임으로 엔딩을 장식한 연애라도 내 인생에 있는게 어딘가. 아마 나는 이런 결말을 누군가 귀띔해줬더라도, 그를 만났을 것이다. 꼬리에 꼬리를 무는 생각을 따라가다보니 이별에 한없이 취약한 내가 조금 단단해지는 기분이었다.

그러다 문득 '내가 스스로 강한 사람이라면, 사랑했던 사람을 굳이 탓하지 않아도 이별을 잘 이겨낼 수 있지 않을까'하는 생각이 들었다. 내가 조금만 더 견고해진다면, 수학공식처럼 명료하지 않을 헤어진 어떤 이유를 일부러 애써 찾을 필요도 없이. 그저 사랑의 부재가 나를 망가뜨리지 않도록 내가 나를 더 사랑한다면. 좋은 기억으로 그를 과거에 잘 남겨줄 수 있을 것 같았다. 아련하고 눈부신 시절인연으로.

먼저 내 손을 놔버린 그를 미워하고 싶지 않아서, 한껏 연약해진 나를 열심히 돌봤다. 나의 회복탄력성을 믿으며, 때로는 주변의 도움을 받으면서. 스스로 견디는 시간을 마냥 무서워하지 않기로 했다. "저는 요즘 심신 미약 상태입니다. 사실 매우 비정상인이에요. 저 우울합니다. 저를 혼자 두면 안 돼요. 제정신 아닙니다. 제가 지금 뭘 결정한다면 말려주세요. 기분이 오락가락합니다." 이런 말을 당당하게 뱉고 다녔다. 어딘가 고장 난 엉터리 같은 나의 모습에 누군가는 괜찮냐는 질문을 하기도, 누군가는 웃음을 참기도, 누군가는 안쓰러운 마음을 감추지 못하기도 했다.

힘든 건 여전했지만, 힘든 것도 그런대로 괜찮았다. 비록 내가 더는 그의 삶에서 매일매일 궁금한 존재는 아니겠지만, 언젠가 하루 쯤 떠올릴 때 참 멋있었고 여전히 멋진 사람으로 남고 싶기에 열심히 살고 싶었다. 헤어져도 내 일상은 돌아가야 하기에 노트북 자판에 눈물을 뚝뚝 흘리면서 지원사업 기획안을 썼다. 헤어져도 요가수업은 해야 하기에 정신이 혼미해지는 고난이도 수업에 몸을 맡겼다. 헤어져도 언젠가 결혼은 해야 하니까 소개팅시장에 나를 다시 내던졌다.

'이 사람을 만날 줄 알았다면, 혼자 지냈던 시간을 조금 덜 힘들게 보낼걸. 너는 곧 아주 멋진

사람을 만나게 될 것이기에 조금만 덜 아파라, 조
금만 덜 버거워해라.'

　과거의 나에게 해주고 싶다 했던 말을 지금의
나에게 필요할 때마다 속삭여주었다. 그리고 어
느 날은 감히 '이별이 두렵지 않다'는 문장도 써
보았다. 이별이 지나간 자리에도 사랑을 잃지 않
은 건강한 내가 있길 바라면서 말이다.

　내가 써내려간 문장들이 나를 잘 지켜주어 미래
의 나는 왠지 그럴 것 같았다.

결혼이 사랑을 완성할까?

용신

    나는 최근 이별을 겪으며 결혼에 대해 다시 생각하게 되었다. 결혼이란 게 과연 꼭 필요한 걸까? 아니면 단지 우리가 살아가는 삶 속에 자연스럽게 자리 잡은 선택 중 하나일까? 서른다섯. 빠르게 흘러가는 일상 속에서 결혼은 마치 당연한 목표처럼 여겨졌다. 사랑하는 사람과 함께 살아가며 가정을 이루고, 안정된 삶을 꿈꾸는 것. 그러나 이별 후, 나는 그 '안정'이 정말 사랑의 궁극적인 목적일까라는 질문을 던지기 시작했다.

사랑이란 무엇일까? 결혼이 있어야만 그 사랑이 완성되는 것일까? 주변을 돌아보면 결혼을 했음에도 불행한 사람들도 많다. 반대로, 결혼하지 않고도 함께하는 시간이 행복한 사람들도 있다. 이걸 보면, 결혼이란 것이 사랑의 필수 조건은 아니라는 생각이 든다. 오히려 사랑이란, 서로를 존중하고, 함께 성장하는 순간들 속에 있다고 느껴진다.

얼마 전 돌아가신 외할머니의 빈소에서, 가족이 함께 한다는 것이 얼마나 큰 힘이 되는 것인지 깨닫게 되었다. 그렇기에 한편으로는 결혼에 대해서 내가 조급해진 게 아닐까 하는 생각도 해보았다. 나의 옆 빈자리, 그리움 속에서 결혼이라는 선택지를 다시 되짚어보았다. 우리 사회는 사랑을 결혼으로 자연스럽게 이어가는 경향이 있지만, 그것만이 정답은 아니다. 사람마다 사랑을 받아들이는 방식, 나누는 방식은 다르니까. 나는 결혼이 반드시 사랑의 결실이라고 생각하지 않는다. 두 사람이 함께하는 순간들, 서로의 마음을 나누고 기쁨과 슬픔을 함께하는 것. 그게 진짜 사랑의 본질이 아닐까?

그렇다고 해서 결혼이 무의미하다고 말하는 건 아니다. 결혼이 주는 안정감, 그리고 서로에게 법적, 사회적 보호를 주는 면이 있다는 것을 부정할 수는 없다. 가족을 지키고, 사랑하는 사람과 더 단단한 관계를 만드는 데 결혼이 중요한 역할을 할 수도 있다. 하지만 그것 만으로 모든 것이 해결되는 것은 아니다. 내게 중요한 것은 사랑의 진정성, 그 깊이다.

나는 결혼 없이도 진정한 사랑을 할 수 있다고 믿는다. 서로를 이해하고, 함께 성장해가는 것. 그게 결혼이든 아니든, 사랑의 본질은 변하지 않을 것이다. 나는 결혼이라는 제도를 선택할 수도 있겠지만, 그게 나의 사랑을 결정짓지는 않는다. 내 앞에 놓인 선택은 다양하고, 나는 그 속에서 진정한 사랑을 찾을 것이다. 그 사랑은 결혼을 넘어선, 더 깊고 단단한 것이기를 바란다.

이젠 벚꽃을 보면 울컥할 것 같다

용신

이젠 벚꽃을 보면 울컥할 것 같다.
나는 다시 울 수 있을까.

할머니가 리무진을 타고 공원으로 가시는 길 양
쪽에는 너무나도 아름다운 벚꽃이 한가득이었다.
넋 놓고 바라보다가 사진을 찍을까 했지만, 손에
는 운구를 위한 장갑을 끼고 있어서 그냥 바라만
보았다.

3시간 전, 어둠 속에서 올라오는 울컥거림이 있

었지만, 울고 싶어도 울지 못하는 시간 속에 앉아서 나는 자리를 지키고 있었다.

다른 가족들은 잠시 눈을 붙이거나, 할아버지 곁에서 하루를 지키고 있었다. 불과 24시간 전에는 새로운 하루 일과를 시작하기 위해 침대에 누워 있을 뿐이었는데.

오전 6시 30분, 휴대전화 알람이 울렸다.
알람을 끄고 조금만 더 자야지 하는데, 또 한 번 진동이 울렸다. 벌써 5분이 지났을까 하고 바라본 화면 속에는 어머니의 전화번호가 떠 있었다. 항상 머릿속에 준비하던 시나리오가 있었다. 생각지도 못하게 할아버지가 돌아가신 날, 아직 마음의 준비가 끝나기도 전에 할머니가 돌아가신 날. 아버지의 눈물을 함께 지켜야만 했던 시간들.

외할머니께서 자리에서 일어서지 못하고 누워 계신 모습을 본 순간부터, 나는 계속 시뮬레이션을 돌렸다. 혹여나 어머니의 슬픔이 다가왔을 때 내가 무엇을 해야 하는지…

"용신아. 외할머니가 돌아가셨대. 편하게 주무시다 가셨다네."

설마 하면서 받은 어머니의 목소리는 떨리고 있었다. 웃는 듯, 우는 듯이. 그 이후로 말을 잇지 못하는 어머니께 나는 알겠다고 대답하고 일어났다. 냉철하게 생각해야만 했다. '내가 지금 해야 하는 게 뭐지? 뭘 챙겨야 하지?' 일단 울지 말자. 지금 울면 힘이 빠지니까. 내가 사랑하는 가족을 위해서 슬프지만 울지 말자.

9년 전 4월, 할아버지가 돌아가신 날.
스물여섯의 나는 아무것도 하지 못하고 장례식장에서 버벅이고 짐 나르기 바빴다. 우는 아버지를 붙잡고 서 있는 게 전부였다.

3년 전 1월, 할머니가 돌아가신 날.
서른 둘의 나는 아무도 없는 텅 빈 장례식장을 지켰다. 코로나 때문이다. 다른 가족들을 대신해 할머니의 마지막 모습을 확인했다. 사망 신고서를 비롯한 각종 서류를 정리하기 시작했다.

2024년 4월, 외가 측에서 맞은 첫 장례.

서른다섯의 나는 담담하게 외할머니의 빈자리를 맞이했다. 당장의 먹먹함으로 심장이 요동치고 눈시울이 붉어졌다. 하지만 내 머리는 내가 해야 할 일들을 정리하기 시작했다. 너무 슬퍼서 울고 싶었지만, 가족들을 위해서 나의 눈물은 잠시 뒤로 미루기로 했다. 오열하고 싶지만 그러지 못했다. 울면 힘이 빠지니까. 지금 내가 무너지면 안 되니까. 가족을, 어머니를 챙겨 드려야 하니까.

2박 3일 장례식장에서의 시간.

나는 울컥하는 순간마다 나를 다잡았다.

입관만 하고 울어야지.

화장만 하고 울어야지.

정산만 끝내고 울어야지.

집에 가면 울어야지.

...

너무나 작디작아지신 외할머니를 공원에 모셔 두고, 나는 모든 일정이 끝나고 일상으로 돌아왔지만 내 마음속 감정들은 아직 밖으로 나오지 못했다. 벚꽃은 바람에 따라 하늘하늘 도시를 수놓아 가고 있었다. 나까지 울어버리면 정말 외할머니가 이 세상에서, 나에게서 떠나갈 것만 같아서. 울컥하다 가도 울지 못하는. 결국 나는 장례식이 끝나고 상복을 벗을 때까지 울지 못했다.

아름다운 벚꽃길을 거닐 때면 난 오히려 계속 울컥할 것만 같다. 사랑이라는 게, 특히 가족의 사랑이라는 게 그런 것 같다.

다음 벚꽃이 피면 나는...

경유지에서 돌아온 까닭

정민

갈망하는 것들은 항상 나와 무관한 방향으로 흘러가버린다. 어릴 때는 인간관계나 입시, 구직활동들이 그랬다. 강렬하게 바라는 것들은 매번 나를 비켜갔다. 기대하지 않으면 실망할 일도 없다는 간단한 논리를 이렇게 깨우쳤다. 나에겐 사랑이 특히나 그랬다. 내가 좋아하는 사람은 날 좋아하지 않으며, 나를 좋아해 주는 사람은 나의 관심에 들지 않았다. 여기까지는 누구나 비슷한 경험을 갖고 있겠지만, 나는 심지어 나조차 그다지 사랑하지 않는다.

주변인들이 내가 스스로를 지나치게 과소평가하는 경향이 있다며 핀잔을 줄 때가 있다. 이루어낸 것들을 감추고 자조한다. 쓸데없이 예의를 차리거나 미안한 게 없는데도 사과가 입에 배어있다. 과할 정도로 나를 낮추며 살아왔다. 얼마 전 대학원에서 우연히 자기소개를 하는 자리였다. 내가 하는 일과, 해온 것들을 간단하게 소개하며 나는 무의식적으로 이런 문장을 덧붙였다.

"저는 아무것도 아니에요. 겉절이입니다."
"이런 건 누구나 다 할 수 있는 거예요."
"에이, 제가 하면 아무나 할 수 있어요."

나도 알고 있다. 저건 겸손이라기엔 지나치다고.

*

지난 겨울휴가였다. 이집트로 가던 중, 경유지에서 돌연 집으로 돌아왔다. 이유 없이.

지금의 회사는 겨울 휴가가 있다. 크리스마스를

끼고 앞뒤로 연차를 며칠 붙이면 꽤나 멀리까지 갈 수 있는 날짜가 만들어져서, 휴가 시즌이 가까워오면 항공권 가격비교 어플을 습관처럼 들여다본다. 지난 겨울은 딱히 가고 싶은 곳이 없었음에도 무리해서 여행지를 찾아보았다. 항공권 어플의 목적지 선택란은 어느 날에는 이탈리아였다가, 다음 날은 오키나와였다가, 또 핀란드였다가, 결국 '어디든지'로 바뀌었다. 휴가 나흘 전이 되어서야 이집트행으로 결정되었다. 가고 싶은 마음이 없었음에도, 지금이 아니면 안 된다는 생각에 기어이 발권했다.

경유지는 도쿄였다. 가볍게 이틀을 여행하다가 이스탄불을 거쳐 카이로로 들어가는 일정이었는데, 도쿄는 여러 차례 방문했음에도 여전히 좋았다. 12월 치고는 선선한 날씨에 가볍게 맥주나 한 잔할 요량으로 거리를 거닐었다. 여러 가게가 있었지만 들어가지 않았다. 자리도 충분했다. 문간에서 들어가려다 멈칫한 후 다시 거리로 튕겨져 나오길 반복했다. 세 번쯤 그랬을까. 불현듯 나는 지금 딱히 맥주를 마시고 싶지 않다는 것과, 사실은 여행을 떠나오고 싶지 않았다는 것을 깨달았다. 오히려 나 자신을 속여가며 떠나온 이유는 명확했다. 휴가기간 동안의 외로움과 공허함을 견디지 못할 것 같아서, 오기 힘든 곳으로 여행 왔다며 자랑하고 싶어서.

순간 몰려온 환멸감에 나 자신이 너무 부끄러워 고개를 들지 못했다. 그 길로 모든 일정을 취소하고, 서울행 비행기 표를 끊었다. 평소보다 두 배의 가격이었음에도 고민하지 않았다. 창문에 비친 내 모습조차 보고 싶지 않아 복도 자리에 앉았다. 그렇게 도망치듯 집으로 돌아와 일주일이 넘도록 밖으로 나오지 않았다. 며칠간은 전화기를 꺼두기도 했다. 세상 사람들 모두가 날 손가락질하는 기분이었다.

*

일의 연장선에서 팔로우를 하고 있는 여자 아이돌이 있었다. 다재다능하고 늘 자신감에 차있는 모습이 매력적인 외국인 아이돌이다. 한 번은 SNS를 통해 팬들과 소통하는 콘텐츠가 있었는데, 한

팬이 '행복해지는 법을 알려주세요'라는 다소 상
투적인 질문을 던졌다. 답변은 꽤 단순했고, 당당
했다.

 '자기를 미칠도록 사랑해 봐'

 내가 세상에서 제일 어려워하는 것을 이토록 간
단하게 드러낼 수 있다니. 존댓말이나 맞춤법에
개의치 않는 모습마저 자기애가 충분히 느껴져 멋
있었다. 이후 단편적으로 모니터링한 그 아이돌은
뭘 하든 당차고 생기 있어 보여서, 자기를 미치도
록 사랑하면 저런 모습일까 싶어 나름 노력해보고
자 했다. 아기 수준으로 나를 칭찬해보기도 하고,
말이나 글에 긍정적인 단어만을 사용해보기도 했
다. 외모를 가꾸면 좀 나아질까 싶어 피부관리도
받아봤다. 운동도 하고 있다. 좋은 회사에도 들어
갔다. 비싼 물건을 사보기도 했다.

나아지는 것은 전혀 없었다.

그러다 문득 깨달았다.

'자기를 미치도록 사랑하는 방법'이 무엇인지 알려주지 않았다는 것을.

(언젠가 만나게 될) 그대에게

예슬

안녕하세요!

우리가 존댓말을 쓰게 될지, 반말을 쓰게 될지는 모르겠지만 아직 얼굴도 모르는 사이니까 우선 존 댓말을 사용할게요. 박예슬입니다. 아마 이 편지 가 언젠가 당신 손에 쥐어진다면, 그쪽은 저의 연 인이거나 혹은 남편이겠죠. 그렇다면 당신은 저에 게 매우 소중하고 특별하고 중요한 사람일 거라 생각됩니다. 또, 아주 멋진 사람일 거예요! 왜냐면 저는 여태껏 꽤 근사한 사람들만 기가 막히게 골라 연애하는 능력이 있었거든요.

이렇게 편지를 쓰는 이유는요. 결혼적령기에 들어오면서 요즘따라 당신에 대한 생각이 참 많아졌기 때문입니다. 연애는 혼자 하는 게 아닌지라 이렇게 머릿속을 시도 때도 없이 가득 채우는 당신의 존재가 가끔은 짜증 나기도 합니다. 지금 옆에 있지도 않으면서 답도 없이 왜 자꾸 떠오르는지, 이젠 좀 정말 간절하게 그 잘난 얼굴 보고 싶네요. 완전.

사실 기다리는 것도 조금 지쳤습니다.
이 글을 다 쓰고 나면 혼자 살아가는 미래도 진지하게 고민해볼까 봐요.

생각해 보면 성인이 된 이후로 늘 당신의 존재를 찾아 헤맸던 것 같습니다. 어느 해는 당신일 거라 생각했던 연인과 행복한 미래를 꿈꾸기도 했고, 어느 순간엔 그 행복의 기억이 고통과 시련이 되어 제 목을 조르기도 했습니다. 그렇게 몇 번을 반복하다 보니 이젠 더 이상 '추억으로 남지 않을' 그쪽을 만나길. 밤낮으로 하늘에 떠 있는 많은

것들에 기도하고 있어요. 얄궂은 기도빨이 먹히길
바라며 오늘은 약간의 뻔뻔한 장난을 담아 이런
말도 내뱉어봅니다.

"저와 함께 하게 된다면, 아마도 앞으로의 삶에
엄청난 행운이 따르게 될 겁니다. 어서 당신의 행
운을 손에 꽉 쥐세요! 저를 좀 찾아내주세요!"

*

당신이 어떤 사람이길 바라면 바랄수록 만날 확
률은 적어질 것만 같아, 제가 어떤 사람이 될 수
있을지를 생각해보려 해요. 이게 제가 할 수 있는
거니까요.

음... 정말 어렵겠지만, 당신에게 좋은 사람이
되어주고 싶습니다. 누구에게나 친절한 그런 사람
말고요. 딱 당신의 마음을 헤아리고 살펴봐줄 수
있는 다정하고 따뜻한 사람이고 싶어요. 제가 표
현하는 사랑의 방식이 당신이 원하는 방식이 아니
라면, 당신이 꺼내는 이야기를 가만히 귀 기울여

들어보고 시간을 들여 그 마음을 차분히 들여다
봐주는 사람이요.

어릴 땐 그저 착하고 멋진 사람이고만 싶었는데
요. 저는 누구에게나 그런 사람이 될 순 없겠더라
고요. 그만큼 그릇이 크지도 않고. 부처님보단 인
간에 매우 가까운 사람이에요. 제가 할 수 있는 건
딱! 사랑하는 사람에게, 포근한 사람이 되어 보는
것 정도가 아닐까 해요. 저를 조금 더 다듬고 정제
하면서, 제가 꾸리고 있는 세계를 당신의 세계만
큼 1인분 더 확장하고 싶습니다. 쓰다보니 당신을
만나면 슬며시 발견하게 될 저의 또 다른 모습이
궁금해지네요.

이번에는 제가 생각하는 사랑에 대해 이야기를
해볼까 해요. 요즘 제가 떠올려보는 사랑은 희노
애락을 함께 나누는 관계예요. 여기서 중요한 건 '
희노애락'과 '함께'입니다. 사랑에는 결코 좋은 것
만 있지 않거든요. '사랑'은 다양한 감정과 마음,
책임과 의지를 담아내는 언어라고 생각하는데요.
긍정적이고 뭐든 다 해낼 수 있을 것 같은 용기와
희망을 줄 때도 있지만, 그 반대의 모습도 많아요.

좌절하고, 비참하고, 아무것도 할 수 없고, 괴롭고, 힘들고, 화가 나기도 해요. 그런 상황도 사랑의 일부죠.

꼭 잡은 손을 놓지 않고 함께하려는 의지. 그게 사랑인 거 같아요. 힘들 때 옆에 있는 사람까지 힘들까 봐 미안한 마음으로 잡은 손을 슬며시 내려놓지 않고, 마음이 어려울 때 나 좀 도와달라고 그 손을 꼭 잡는 이기심. 때론 그 마음을 먼저 알아채고 피가 안 통할 만큼 더 꼬옥 잡는 손아귀 힘. 그렇게 함께하려는 의지를 오래도록 품어가는 단단한 사랑을 나누고 싶어요.

당신이 어떤 사람이길 바라지 않는다고는 했지만, 음... 행복하려고 사랑을 하는 사람은 아니었으면 좋겠습니다. 그러니까 당신의 사랑에 행복만 있지는 않았으면 해요. 그 반대편에 자리 잡은 흐리고 꾸리꾸리한 모습도 행복과 더불어 사랑이라 생각할 수 있는 사람이면 아주 조금 더 좋겠다고, 조심스럽게 당신을 만나길 기다리는 기도에 덧붙여봅니다.

재밌는 소설책은 갈등과 해결, 성장이 가득하잖아요. 같이 만들어가는 희노애락이 담긴 문장을 즐겁게 써 내려갈 수 있는 사람이 당신이길 바라요. 이렇게 점점 바라는 게 많아지면 당신을 만날 확률도 점점 줄어들 것 같지만, 그래도 쓰다 보니 문득 당신이 어떤 사람인지 상상하는 건 역시 즐겁네요.

당신은 어떤 사람일까요?
어떤 사랑을 해왔고, 어떤 사랑을 꿈꾸는 사람인지 궁금합니다. 어떤 일상을 보내며, 어떤 사소한 미소와 찡그림을 만드는 사람인지도요. 지난 시절 연애가 지금의 저를 만들었듯, 당신의 삶을 충만하게 해 준 이야기들이 듣고 싶네요.

보고 싶습니다.

오늘도 밤하늘에 떠 있는 보름달에게 당신 좀 내놓으라고 실랑이하듯 말싸움 같은 기도를 하며, 우리의 만남을 기다리고 있는.

-예슬드림-

인간
관계

인간
관계

가장 가깝고, 가장 어려운

예슬

'고맙다'

아침 수업이 끝날 무렵, 아빠에게서 메시지가 왔다. 잠시 멈칫하다 아빠와의 가장 최근 대화를 떠올렸다.

'아, 어제가 어버이날이었지.'

하루가 지나고 온 메시지.

'고맙다'는 단 세 글자.

생각해보니 전날 카톡 창을 기준으로 스무 줄 가량의 감사인사와 함께 용돈을 보냈는데, 이 아저씨는 함축의 정석. 딱 세 글자로 자신의 마음을 표현한다. 아빠에게 오랜 시간 단련된 나는 저 세 글자가 어떤 사고체계를 거쳐 어떻게 나왔는지, 어떤 의미인지 생각한다. 그러다 보면 금세 눈시울이 붉어지고 눈알이 뜨거워진다.

에잇. 또 쓸데없이.

휴대폰 화면을 오랫동안 바라보며 혼자 곱씹다가 결국 눈물이 그렁그렁. 휴지를 찾는다. 저 세 글자가 뭐라고.

아빠는 나를 주인 기다리는 강아지처럼 만드는 재주가 있다. 아빠랑 똑같이 대화할 거라고 입을 꾹 닫은 채로 몇백 번 몇천 번 마음을 먹다가도, 툭 던진 한마디에 꼭꼭 감춰뒀던 꼬리가 어느새 흔들흔들. 기다렸던 말들이 줄줄 나온다. 아빠는 이런 내 마음을 알까 몰라. 가끔은 대답 없는 녹

음기에 속마음을 털어놓는 기분이다. 그러다 보면 이렇지 않을까 저렇지 않을까 생각하며 아빠의 행간을 상상하는데 능통해진다. 인간관계를 맺어갈 때 누군가와 대화하는 걸 어려워하지 않는 건 이런 아빠 덕분일지도 모른다.

나에겐 세상에서 가장 어려운 인간관계.

그런 아빠를 이해하는데 꼬박 삼십 년을 넘게 썼지만, 지금도 나는 아빠의 취향, 아빠의 꿈, 아빠의 행복이 뭔지 잘 모르겠다. 그저 당신이 뭘 좋아할지 몰라 이것저것 다 준비해 봤어요, 상태로 아빠를 대해볼 뿐. 그러다 뭐 한두 개 얻어걸리면 뿌듯한 거지.

그럼에도 신기한 건 아주 어린 시절부터 내 이상형의 일 번은 아빠 같은 사람이었다. 키 크고 잘생긴 외형은 물론이고, 아빠의 그 대쪽 같은 신념이 나는 좋았다. 스승의 날에 안 주고 안 받기 운동을 하는 선생님. 누군가 교감실에 몰래 두고 간 선물을 도로 가져가라고 CCTV를 돌려보겠다고 안내방송을 하는 빡빡한 사람. 엄마랑 가면 유치원생이 되는 놀이동산이 아빠랑 가면 당당하게 초등학생이 되는 것도. 누군가는 융통성이 없다 말할 수 있는 그 한결같음이 어릴 때부터 좋았다. 긴 침묵을 뚫고 나오는 한 마디의 무게감. 아빠가 뭔가를 말하면 그건 믿을 수 있을 것 같아서 그랬던 걸까. 그런 아빠를 답답해하면서도 좋아하고, 계속해서 아빠 곁을 강아지처럼 맴도는 건 정말 미스터리다.

남들은 딸 바보라며 공주니 딸랑구니 뭐니하는 애칭으로 딸을 부른다지만 우리 아빠는 그런 법이 없었다.

"객관적으로 예슬이가 예쁜 편은 아니지!"

봐라. 이 한결같음.
믿음직스럽지 않은가. 이런 부분에선 나도 아빠를 닮아 진심이 없는 듣기만 좋은 칭찬은 잘 못한다.

또 아빠는 내가 아는 사람 중 집 안밖의 모습이 가장 다른 사람이다. 선생님이라는 직업을 갖고 있기에 많은 말을 꺼내는 사람이라 그런가. 집에서는 에너지 충전이 필요한지 말이 없다. 한 번씩 아빠의 대외적 이미지에 익숙한 지인 분을 만날 때면 '우리 아빠가 이런 모습도 있구나' 싶은 이야기들이 많다. 듣다 보면 아빠가 조금 멀게 느껴질 때도 있다. '가족'이란 이름 아래 가장 가까워야 할 것만 같지만, 그렇지 않은 나와 당신의 거리를 서운하지 않게 받아들이는 것도 내가 오랫동안 연습한 한 가지다.

최근 몇 년간은 비교적 아빠와의 대화가 많았던 시기다. 가족을 소재로 하는 연극을 만들면서 아빠를 아빠가 아닌 한 사람으로서 들여다볼 기회가 있었고, 연극을 준비하며 촬영한 영상 속 아빠와 나의 투샷이 매스컴에 나오기도 했다. 처음으로 아빠가 내 일을 궁금해했고, 공연장에 본인 친구들을 잔뜩 데려와 나를 당황시켰다.

참 알아도 알아도 모르겠는 양파 같은 아저씨.
그게 우리 아빠다.

글을 쓰며 좀 정리하고자 했지만, 대실패다. 써도 잘 모르겠고 하나의 줄기로 정리가 안 된다. 앞으로도 나는 아빠에 대해서 모르는 걸 계속 발견하고, 평생 그 사람을 알아만 가겠지. 그가 나를 사랑하는 온갖 방법을 탐구하면서 아빠의 행간을 읽고 또 눈물을 그렁그렁 흘릴 것이 분명하다. 나에겐 세상에서 가장 어려운, 그렇지만 가장 가까운 인간관계. 난 이렇게 아빠를 평생 짝사랑 할 것 같다.

아빠와의 앞으로는 또 어떨까.

그저 내가 확신할 수 있는 한 가지는 아마 나는 그런 아빠 곁에서 끊임없이 쫑알쫑알 말을 걸고 있을 거라는 것이다.

"오늘은 뭐해요?"
"요즘 무릎은 안 아파요?"
"운동은 했어요?"
"밥은 뭐 먹었어요?"
"이 영화 봤어요?"
"다음 병원 예약은 언제예요?"
"이번 연휴에 서울 올라올 거죠?"

"산책하러 갈까요?"

너의 결혼식

정민

부쩍 주변에서 결혼을 많이 하는 느낌이다. 꾸준히 결혼 연락을 받고 참석도 했었지만, 특히 요즘이 잦다는 기분을 떨칠 수가 없다. 내가 그런 나이가 된 탓이겠지. 지금껏 여러 결혼식 자리에 다녀왔다. 20대 때는 축의금으로 나가는 돈들이 그렇게 아까웠었다. 이 돈들이 나중에 다 돌아올까부터 시작해서, 도대체 다 똑같은 결혼식을 왜 하려는 것인지. 도무지 이해되지 않는 행사가 결혼식이었다.

30대가 되고선 이전에 느꼈던 감정에서 크게 벗어났다. 아마 제일 큰 원인은, 내가 정말 아끼는 사람들의 결혼식에만 참석하기 시작한 까닭이다. 내 사람들의 사랑의 결실. 내가 감히 상상할 수 없을 그들의 감정. 이제야 결혼식이라는 행사에 이입하기 시작한 것이다. 당사자들은 하나같이 예쁘고 사랑스럽다. 어떤 이의 결혼식은 한 편의 디즈니 영화 같았으며, 어떤 이는 서사시의 한 장면 같았고, 어떤 이는 잘 만든 뮤직비디오를 보는 듯했다. 결혼식의 장르를 도출해 보는 이런 행동은 사실 내가 모두 같은(비슷한) 결혼식을 즐기는 하나의 방법이다. 나는 예고편을 보지 못한 한 편의 공연을 보러 온 관객인 셈이다.

그들의 삶에 내가 어디쯤, 어느 크기로 존재할 테니, 나는 그들의 작품 속 단역이나 조연 정도였지 않을까. 그렇게 지켜보는 내 사람들의 결혼식은 그렇게 재미있고, 감동적이고, 기쁘고, 슬프기까지 했다. 이제는 축의금이 얼마였는지, 어땠는지, 굳이 따지지 않는다. (사실 그렇게 많이 하지도 않는다. 친구들아 내가 좀 더 많이 벌어볼게..)

*

며칠 전 내가 정말 사랑하는 친구 S군이 결혼을
했다. 스물세 살 때 미국에서 일하며 만난 형인데,
사람이 그렇게 순수하고 성실하고 듬직할 수가 없
다. 외모마저 안경 쓴 쿼카를 닮았다. 겨우 한 살
많을 뿐인데 이렇게 어른스러울 수 있는지, 이 사
람 앞에 서면 한없이 어리광 부리고 싶어진다. 내
가 한국으로 돌아온 후에 이 친구는 독일에서 자
리를 잡았다. 내가 독일 출장이 잡힐 때는 꼭 만
나러 가거나 와주었다. 애틋한 것이 이산가족 상
봉이 따로 없었다. S군은 독일에서 어렵게 적응을
하고, 그 어렵다는 독일 국가공인의 시험을 얼마
전 패스했다. 이렇게 완전한 사람이 내 곁에 있어
주어서 그저 고마운 그런 사람.

  그런 사람이 결혼을 한다고 한다. 독일에서 인연
을 시작해, 7년의 연애를 거쳐 결실을 맺은 것이
다. 어쩜 그렇게 똑같이 사랑스러운 사람을 만났
는지. 둘의 모습이 아주 천연덕스러워서, 그저 아
름다워서, 보태준 건 없지만 진심을 다해 둘을 응
원하고 있었다.
  결혼식은 무난했다.

S군이 축가를 부르며 오열하기 전까진 말이다.

저 단단한 사람이 울었다. 울음이라는 행위를 상상할 수 없었던 사람이라, 내가 적잖이 당황했다. 반주만 흘러나오는 노래에는 S군의 훌쩍거림만 마이크를 통해 들릴 뿐이었고, (나중에 꼭 놀릴 거다) 사람들의 애틋하고 안타까운 탄식이 여기저기서 들려왔다.

그때 마주 선 새하얀 신부가 한 손에 부케를 든 채, 두 팔을 벌려 S군에게 다가가 달래주었다. 여기서는 나도 꾹꾹 눌러 담고 있었던 눈물이 터져버렸다. 주책스럽게도 걷잡을 수 없이 울어버려서 가방에서 급하게 티슈를 꺼냈다.

S군은 왜 울었을까.

S군의 인고의 시간들 곁에 그녀가 함께 있었기 때문이라 감히 짐작해 보았다. 고통의 시간들을 돌파해 도달한 현재를 함께 맞이할 수 있음에 감격스러워서, 그녀의 한결같은 사랑에 고마워서, 그리고 현재에 무사히 도달했으니 앞으로의 미래가 더 기대되지 않겠냐는 신부의 눈빛이 보여서.

그날의 결혼식은 지금껏 경험했던 어떤 결혼식보다 아름다웠다. 계속 보고 싶었다. 크레딧이 올라오지 않길 바랐다. 잘 만든 로맨스 영화의 클라이맥스를 함께하고 있는 기분이었다.

결혼식이 끝나고, S군에게 연락해 결혼식의 감상을 전달했다. 처음이었다. 주책스럽게 함께 울었다며, 잊지 못할 결혼식에 초대해 주어서 고맙다는 말과 함께. 둘은 곧 다시 독일로 돌아간다. 지구 반대편에서 알콩달콩 잘 살아가겠지. 그저 간간이 SNS로 근황을 전해 주길 바랄 뿐이다.

그와 그녀 같은 모습의 사랑이 하고 싶어 졌다. 마주 보며 눈을 맞출 수 있는 사람.

아름다운 너의 결혼식에 초대해 주어서 감사하며.

또 다른 세상 속에서 정의되는 '나'

용신

생각보다 우리는 우리와 가깝지 않은 사람들에게, 가까운 사람들보다 더 마음속 깊은 이야기를 꺼낼 수 있는 것 같다. 얼굴을 마주한 '익명성'이라고 할까?

같은 공간에서 이야기를 나누고 있지만, 그 순간만큼은 말하는 만큼 나는 내가 된다. 말하지 않으면 알 수 없고, 말한 사실만이 내가 되는 세상. 그런 맥락에서 나는 소셜 커뮤니티를 즐긴다. 적당히 나를 표현하고, 나를 이해하는 이곳에서 나는 새로운 나를 정의한다.

처음 소셜 커뮤니티를 접한 건 서른 살의 겨울이
었다. 페이스북에서만 보던 모임을 회사 근처 공
간에서 마주했다. 여섯 번의 모임. 이십만 원. 그
리고 열 명의 사람들. 내가 마주한 소셜 커뮤니티
의 첫 시작이었다.

'열정에 기름 붓기'

매번 모일 때마다 새로운 내가 정의되었다. 과거
의 나, 현재의 나, 그리고 앞으로 되고 싶은 미래
의 나까지. 과거에 내가 꿈꿨지만 이루지 못한 나
부터 지금의 나의 고민거리, 더 나아가 내가 꿈꾸
는 목표까지. 주위 친구들, 같이 일하는 동료들에
겐 부끄러워서 차마 꺼낼 수 없었던 이야기를 바
로 이 장소에서는 할 수 있었다. 그렇게 1년이라
는 시간 동안 다채로운 사람들을 만나 즐거운 시
간을 보낼 수 있었다. 그곳에서 나는 사진작가가
되기도 하고, 야망가가 되기도 했으며, 어느 순간
게임을 운영하는 딜러가 되기도 했다. 그렇게 많
은 경험과 즐거움이 쌓였고, 나 또한 내 이름을 걸

고 나만의 모임을 만들고 싶었다. 하지만 그 시기가 찾아왔다.

2020년 2월, 시작된 사람 사이의 단절. 차라리 몰랐으면 좋았을 즐거움이 사라지자, 나에게는 너무 큰 공허함이 찾아왔다. 회사, 집, 회사, 집. 그리고 아무것도 할 수 없다는 공포. 사람을 만날 수도 없었고, 모임을 가질 수도 없었던 나에게 그 당시 관계를 맺었던 소셜 커뮤니티의 멤버들과의 대화는 언젠가 다시 만날 수 있을 거라는 희망으로 다가왔다. 하지만 그렇게 일주일, 한 달, 일 년이 지나도록 눈앞의 안개는 걷힐 기미를 보이지 않았다. 유튜브 속 스트리머의 영상을 보며 사람들과의 소통을 대리만족하고 있었고, 그렇게 나는 사람들과의 만남을 점점 잊어가고 있었다.

그러던 와중, 회사에서 코로나로 인해 한정된 인원을 모집하는 소규모 청음회 프로젝트를 담당하게 되었다. 그 와중에 알게 된 곳이 바로 '넷플연가'였다. 주최자들이 각자의 이름을 걸고 모임을 만들어 간다는 게 굉장히 매력적이었다. 나도 저 수많은 모임 중 내 이름을 걸고 모임을 만들 수 있다면 얼마나 좋을까?

하나둘 모임에 참여하다 보니, 어느새 나도 한 명의 주최자가 되어 있었다. 장장 3년 만에 내 이름을 걸고 시작한 모임은 쉽지 않았다. 모객부터 모임이 끝나는 순간까지. 이곳에서의 나는 일상 속의 나와는 다른, 또 다른 세상 속에서 살고 있는 것 같았다. 이곳에서의 인간관계는 나를 새롭게 정의했다. 용감한 나, 더 노력하는 나, 관계에 최선을 다하는 나.

지금도 진행형이다. 다른 모임장을 만나 또 다른 세계를 마주하고 있다. 나와 방향성은 다르더라도 각자의 분야에서 최선을 다한 사람들과 만난다는 건 아주 큰 기회이자 축복이다. 가끔 이런 말을 듣는다. 왜 이렇게 열심히 하냐고. 사람들에게 보여주고 싶은 모습만 보여줄 수 있는 곳. 적절하게 가벼운 관계 속에서 책임감과 부담감은 내려두고. 모두 놓치고 싶지 않다.

특히 나의 새로운 세상을 만드는 이곳에서는 더더욱.

가능하다면 또 납치해 주세요

정민

  스무 살, 젊음, 열정, 사랑... 그 시절에만 어울릴 것 같은 단어들과, 미완성의 매력이 절로 뿜어져 나올 것만 같은 나이. 내 스무 살을 반추해 보면 저런 단어들과는 조금 거리가 멀었다. 사실 나는 일찍부터 꿈이나 목표에 관심이 없었다. 초등학교 가정통신문에 장래희망을 쓰는 걸 그 어릴 때부터 힘들어했으니까. 삶의 형태에 대해 고민해 본 적이 없으니 매사에 의욕이 없는 게 당연했다. 시험 성적에 맞추어 간 대학에도 애정이 없었고, 수업에만 겨우겨우 형식적으로 참여했었지 끝나면 오락실이나 PC방에 가는 게 전부였다. 취업난이다, 청년실업이다, 하는 말들은 나와는 상관없는 초현실이라 여겼다. 가끔 누나와 지난날에 대해 이야기할 기회들이 종종 있는데, 그럴 때마다 누나는 나를 이렇게 회상한다.

"… 너는 정말 인간이 될까 싶었어."

"군대 가면서 조금씩 사람 되더라 야."

남들 다 간다는 시기에 맞추어 군입대를 했더랬다. 자유의지와 권리를 박탈당한 군생활은 놀랍게도 삶의 주체성을 일깨워주는 계기가 되었다. 결핍을 경험해 보아야 소중함을 깨닫는다고 했던가. 그때부터 조금씩, 어떤 사람이 되고 싶으며 어떻게 살아가야 하는지 고민하기 시작했다. 무엇보다 나는 군생활을 함께했던 친구들의 영향을 많이 받았다. 돌이켜보면 스무 살, 스물한 살의 어린 나이인데도, 하고 싶은 일과 좋아하는 일이 뚜렷한 친구들이었다. 당시 요트 디자인을 하고 싶어 했던 친구는 이탈리아 유학을 다녀온 후 자동차 디자이너가 되었고, 커피프린스에 빠져있던 친구는 게

임 개발자를 그만두고 개인 카페를 차렸다. 또 어떤 친구는 감수성이 매우 풍부했었는데, 나는 종종 이 친구와 함께하는 야간 근무나 훈련을 좋아했었다. 별이 쏟아지는 밤하늘을 올려다보며 나누는 대화가 그렇게 순수하니 좋았다. 비록 철모에 무거운 총이 쥐어져 있긴 했지만, 그동안 살아온 삶을 반성하며 앞으로를 어떻게 살아갈지 그려보곤 했다. 이 친구는 지금 또래 같은 선생님으로 제자들에게 아주 인기가 많은 고등학교 선생님이자, 두 아이의 듬직한 아빠가 되었다. 모두들 신기하게도 각자 생각했던 대로의 삶으로 형태가 갖추어졌다. 눈이 반짝거리던 소년들을 떠올려보면 내게 군대는 마냥 괴롭기만 한 곳은 아니었다.

대학교를 졸업할 때는 미국으로 떠났다. 졸업을 앞두고 1년여 정도를 준비해 나름의 노력에 운이 함께 따라준 덕분인지 미국에서 인턴 생활을 시작할 수 있었다. 전문직이라 미국에서 정착할 수 있었으나, 그러지 않았다. 처음으로 경험해 본 넓은 세상은 경외감이나 모험심 같은 설렘보다는, 내 존재의 보잘것없음과 박탈감이 대부분이었다. 지금 생각해도 이상하리만치 내 주변에는 잘난 사람들이 많았다. 명문대에 다니거나, 전문직이거나, 재력이 상당하거나, 재능이 뚜렷한 사람들 말이다. 어느 날은 연말파티에 초대를 받았다.(아직도 내가 왜 초대받았는지 모르겠다. 그들은 서로 교회에서 만났다. 나는 무교다.) 다들 둘러앉아 새해의 행보에 대해 이야기하기 시작했다. 누군가는 의대에 진학하게 되어 이사를 가게 되었으며, 누군가는 회계사 시험에 합격을 했다며, 누군가는 아버지가 운영하는 회사에서 경영 수업을 하게 되었다고 했다. 대화의 차례는 나에게 돌아왔다. 나는 딱히 할 말이 없어서, 아니 할 수 있는 말이 없어서, 다들 좋은 소식을 전해주어 기쁘다며 앞날을 응원한다고 했다.

내가 할 수 있는 말은 어떤 것이 있었을까. 내 직장 상사인 중국인이 나를 지독하게 괴롭히는 탓에 끓는 물을 그 얼굴에 부어버리고 싶다거나, 차가 없어 그 중국인에게 아부하며 태워달라고 말할 때마다 위장이 쪼그라드는 기분을 알려줄까 싶다가도, 내가 한없이 작아질 것 같아 입을 닫았다. 딱히 저들의 시선에 나 같은 하급 노동자를 신경쓰는 것 같아 보이진 않았지만, 나는 그날 테이블에 올라왔던 닭고기만 못한 기분이었다. 그 친구들은 약간은 우쭐거리긴 했어도 좋은 사람들이었다. 내가 가여워 보였는지 밥이나 커피도 종종 사줬다. 미안하지만 사실 이름도 기억나지 않는다. 스쳐 지나간 고마운 친구들이여, 건강하길.

동기부여가 단순한 자격지심으로 끝나지 않았음을 감사하며, 1년을 채 넘기지 못하고 한국행을 결정했다. 지금을 시행착오라 받아들이고 처음부터 다시 시작해 보기로. 여기로 오기까지 도움을 주었던 모든 사람들에게 인사를 돌렸다. 어린 날의 치기처럼 보이기 싫어 그럴듯한 변명도 만들었다.

"돌아가서 공부를 좀 더 해보고 싶어서요."

"어떤 공부?"

"순수학문이요."

"..."

장담한다. 모두들 속으로 고개를 내저었을 거라고.

모은 돈을 털어 차를 빌렸다. 월마트에서 3만 원짜리 텐트와 5천 원짜리 부르스타와 요가매트를 샀다. 그렇게 20일간 혼자서 미국 횡단길에 올랐다. 미국 횡단은 내 인생의 전환점이었다. 많이 울고, 많이 웃었다. 지평선을 따라 그저 내달리기만 했다. 하루는 호수에서, 하루는 사막에서, 어느 날은 은하수와, 어느 날은 소떼와 같이 잠들기도 했다. 트럭커나 호그라이더들과 함께 맥주도 마셨다. 횡단길에서 다짐한 것들은 아직까지 내 인생 수칙처럼 지니고 있다.

두 번째 대학 생활을 거쳐 첫 회사에 입사했다. 첫 직장에서 만난 사람들은 지금 현재의 나를 있게 해 준 사람이라 할 수 있을 만큼 영감을 준 사람들이다. 입사 동기이자 경력직 선배였던 C 대리님. 세상에 모르는 것이 없는 똑똑한 사람이었다. 얼마 지나지 않아 더 좋은 회사로 이직하여 떠나갔지만, 그녀는 입버릇처럼 멋진 남자로 늙어야 하는 이유와 방법, 취향과 교양의 중요성을 알

려주었는데, 특히 나에게는 여행하는 법과 맥주
와 와인을 알려주었다. 이 지면을 빌려 슬쩍 말하
자면 내 두 번째 회사는 그녀의 경쟁사였고, 지금
다니고 있는 대학원 역시 그녀와 같은 대학원이
다. 사실 나는 여전히 C 선배의 그림자를 쫓아가
고 있는 건지도 모르겠다.

 같은 팀의 팀원들과는 취미생활을 함께할 수 있
었다. 각자 숨겨온 실력이나 재능이 있다는 것도
놀라웠지만, 장난스럽게 던진 말에 밴드를 만들
정도로 실행력이 있는 사람들이 내 팀원들이었다.

 "대리님들, 나 기타 칠 줄 알아요."

 "어, 나 드럼칠 줄 아는데?"

 "난 건반이랑 바이올린."

 "밴드... 해볼래요?"

 약간은 허무하게 시작한 밴드는 단시간에 규모
가 커졌다. 회사 곳곳에 능력자들이 숨어있었던

것이다. 악기와는 거리가 멀 것 같은 인상의 연구원은 베이스의 신이었고, 조용하고 내성적인 주임님은 첫 소절만 불러도 모두가 동작을 멈출 정도로 환상적인 목소리를 갖고 있었다. 보석 같은 사람들이 모여 3년 동안 두 번의 콘서트와 세 번의 무대에 섰다. 지금은 해산하긴 했지만 아직 그 명맥을 이은 동아리가 있다고 하니 괜히 뿌듯했다.

맥주 회사로 이직한 후에는 소셜 플랫폼의 모임장이 되었다. 다양하고 맛있는 맥주를 혼자 마시는 게 늘 아쉬워 결국 모임을 만들어 보기로 한 것이다. 자칫 술을 마시며 노는 걸로 오해받을까 나름 제대로 준비해 왔다. 섬세하게 준비한 맥주들(나름 큐레이팅했다고 해줬으면 좋겠다)을 시음하며 이해하기 쉽게 알려준다. 영화나 책을 보고 함께 이야기를 나누는 시간도 있다. 최근 네 번째 시즌을 마무리했는데, 한 시즌에 12명이 함께 하니 못해도 벌써 48명이나 되는 사람들이 나를 구심점으로 인연을 맺었다. 이 책을 함께 쓰고 있는 예슬과 용신을 여기서 만났다. 각자 자신의 모임을 이끌고 있는 재능이 반짝반짝한 사람들.

"나, 30대에는 책을 써보는 게 목표야."

"나 책 써봤는데? 써볼래?"

*

자신 있게 말할 수 있다. 지금의 내 모습은 다 주변 사람들 덕분이라고. 내 멱살을 잡고 기타 줄에 손을 얹어준, 기를 쓰고 여행지로 데려가 준, 맛있는 맥주를 마시게 해 준, 내 고민을 전담해 무한응원해 준, 원고 좀 쓰라며 지금도 타박 중인, 내 소중한 사람들에게 감사의 인사를 보내본다.

나의 작지만 거대한 동지들이여, 감사합니다.

가능하다면 또 납치해 주세요.

가끔 말은 안 들어도 군말 없이 잘해낼 자신이
있어요.

"요즘엔 너만큼 앞가림 잘하는 애가 없더라."

물론 이런 말을 해주는 누나까지 포함이다.

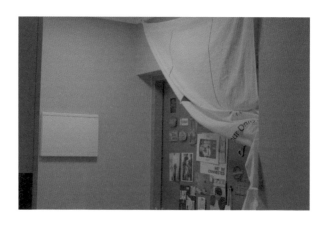

왜 이렇게 열심히 일해요?
받은 만큼만 일해요!

용신

30살, 처음으로 시작한 회사 생활. 처음에는 열정과 기대감으로 가득했다. 새로운 환경에서 새로운 사람들과 만나 어떤 일들이 일어날지 나아가는 과정은, 스타트업에서 일을 시작했던 나에게는 굉장히 체계적으로만 보였다. 업무를 통해 가까워지며, 때로는 회식이나 다양한 퇴근 후 활동 등을 통해 개인적인 이야기를 나누며 친밀감을 쌓아갔다.

그때까지는 일에서 만나는 인간관계도, 새롭게 가까워지는 긍정적인 세계라고 나는 착각했었다.

시간이 지나면서 점차 현실이 드러났다. 회사라는 조직 내에서는 업무 성과와 개인의 이익이 최우선이었다. 승진, 평가, 연봉 협상 등 다양한 이해관계가 얽히기 시작하면서 인간관계에도 변화가 생겼다. 처음에는 순수했던 관계가 점차 계산적이 되고, 각자의 이익만 고려하게 됐다. 이 과정에서 갈등이 발생하기도 하고, 신뢰가 깨지기도 했다. 그 과정과 시간 속에서 누군가는 윗사람에게 이쁨 받기 마련이고, 누군가는 미움을 사기도 한다. 그 와중에 자신의 부족함을 생각하는 사람도 있고, 다른 사람에게서 문제를 찾는 사람도 있다.

일을 하면서 들었던 가장 이해되지 않는 말이 있었다. "왜 이렇게 열심히 일해요? 받은 만큼만 일해요!" 회사에서 열심히 일하는 게 안쓰러워서 하는 말인가? 라고 생각도 했었다. 정말 처음엔 그런 줄 알았다. 하지만 나의 행동으로 인해 본인들이 열심히 일하지 않는 것이 비교되기 시작하면서 점점 격차가 벌어지는 것이 싫어졌던 것이다.

가장 큰 결정타는 연봉 협상이었다. 기존 연봉 협상은 모든 직원이 같은 상승률을 가졌지만, 새로 온 대표는 성과에 따라 차등을 두고자 하였고,

그중 한 명이 나였다. 그 사실을 알게 된 다른 직원들(특히 노조)은 사전 협의 없이 진행된 일이라며 항의하였고, 결국 그 연봉 협상은 취소되었다. 그때 내가 느낀 배신감은 이루 말할 수 없었다. 결국 회사라는 구조에서 만난 사람들은 돈을 벌기 위해 만난 사람들이지, 그 외에 인간관계는 부수적인 것이었다. 친해서 했던 나의 이야기가 뒷담화로 퍼지면서 회사에서 개인적인 친밀한 감정을 유지하는 것이 점점 더 어려워졌다. 결국, 업무 관계로 시작된 인간관계는 그 한계를 드러내며 서서히 멀어지게 된다. 처음의 열정과 친밀함은 사라지고, 냉정한 현실 속에서 각자의 길을 가게 된다. 서로의 이익을 챙기는 과정에서 자연스럽게 멀어지는 것이다.

이제는 그 회사를 떠났지만, 나의 경험은 회사 내 인간관계의 본질을 다시 한번 생각하게 만든다. 업무를 통해 맺어진 관계는 본질적으로 업무에 의해 좌우될 수밖에 없다. 진정한 우정은 쉽게 형성되지 않으며, 형성되더라도 유지하기가 매우 어렵다. 이는 회사라는 조직의 특성과도 깊은 관련이 있다. 결국, 회사에서의 인간관계는 한계를 가질 수밖에 없다는 걸 알게 되었다.

피를 나눈 혈육들마저 돈 앞에서 싸우는 시대에, 돈으로 만난 인간관계는 서로 간의 인정을 기반으로 하지 않으면 유지될 수 없다는 걸 나는 다행히 첫 회사 생활에서 배우게 되었다.

'멋지다'는 말이 어렵게 다가오는 이유

예슬

나는 '멋지다'는 말이 종종 어렵게 들린다.

나는 하는 일의 종류가 많다. 그러다 보니 에너지가 넘치는 항상 열심히 사는 멋진 사람으로 비칠 때가 있다. 작업하는 것들의 이면은 수익도 잘 안 나고, 주먹구구식에 체계가 없을 때도 있고, 혼자서 아등바등할 때도 많지만, 대외적으로는 화려하고 그럴듯한 결과물로 보인다.

"무슨 일 하세요?"

"저는 N잡러인데요. 연극하고, 요가하면서, 글 쓰고, 그림도 그려요. 최근에는 작은 다큐도 한 편 만들었고요…"

"와! 진짜 멋지시네요."

"아… 감사합니다."

직업에 대한 이야기가 나오다 보면 나도 모르게 혹여나 상대가 오해할까 봐 말이 길어진다. 내가 생각하는 것보다 나를 과하게 생각한다면, 당신이 나를 부담스러워하면 어떡하죠.

"음… 그냥 연극을 하다 보니 생계가 어려워 요가를 시작했고, 단체활동에 스트레스를 받다가 혼자 하는 작업이 하고 싶어 글을 쓰고 그림을 그리게 되었어요. 또, 연극을 준비하며 자료조사 차 찍었던 영상을 계기로 어쩌다 다큐를 찍게 되었고요…"

나도 안다. 이 모든 게 내 입장에서는 뭐라도 해야겠다 싶어 하다 보니 자연스럽게 이어지게 되었더라도, 타인의 눈에는 멋진 사람처럼 비춰지는 거. 사실 난 보잘것없는 한낱 예술인 노동자로서 이 사회 속에서 1인분이라도 제대로 하고 싶어서 애쓰는 건데.

그렇게 만들어진 이미지가 나쁜 건 아니다.
하지만 그게 나를 멀리하는 이유가 될 때, 나는 멋지다는 말이 참 어렵게 다가온다.

지난해, 오랜만에 했던 첫 소개팅 후기에서 주선자를 통해 이런 말을 들었다. "멋진 분인 거 같은데, 그분한테 내가 부족해 보여서 애프터는 안 했어."라고 상대방 분이 말씀하셨다고.

그래 뭐, 그럴 수 있지.

그저 간만에 소개팅이라 너무 떨려 들고 간 타로카드가 원인이 아닌 게 다행이라고 생각했다.

이어진 소개팅에서 다시 한번 나는 비슷한 이야기를 들었다. 음... 혹시나 싶어서 이번엔 타로카드는 두고 나갔는데.

여기서 끝이 아니었다.

여행지에서 우연히 알게 되어 한 달 정도 알아 가는 시간을 가졌던 분에게는 "참 멋지고 밝은 분이라고 생각해요. 저하고는 많이 다르죠. 어떨 땐, 상대적으로 제가 우울한 사람이 되는 것 같기도 해요. 함께하긴 어려울 것 같아요."라는 이야기를 들었다.

너 나랑 여덟 시간 동안 한 곳에서 자리도 안 옮기고 맥주 마셨잖아. 내 기억엔 네가 나보다 말이 더 많았어.

이번엔 멋지다는 말과 함께 추가적으로 '밝음'까지 붙었다. 아 내가 밝으면 네가 어두워지는구나. 나도 우울할 때 많아. 내가 말 없을 땐 또 얼마나 말이 없고, 내가 조용할 땐 또 얼마나 조용한데. 내가 요가할 땐 또 얼마나 차분한데…

갑자기 이 모든 게 갑갑하고 어색해졌다. 소개 팅뿐만 아니라, 그냥 사소한 인간관계에서도. 내가 하는 일부터 나 자신까지. 내 일을 어떻게 설명해야 할지 몰라 "하다 보니 이렇게 됐어요..."라는 확신 없는 말이 입에 붙었고, 나의 에너지가 상대를 부담스럽게 할까 봐 어디까지 웃고 어디까지 긍정적으로 생각하고 어디까지 밝은 척을 해야 하는지 혼란스러웠다. 처음 보는 사람들 앞에서는 낯가림이 심하다는 말을 굳이 먼저 꺼내면서 방어벽을 쌓았다. 이후 이어진 몇 번의 소개팅에선 '이정도는 괜찮겠지' 하는 마음으로 어색하게 앉아 있다 왔다. 그런 내 모습이 고장 난 로봇처럼 느껴져 어느 순간부터 더 이상 소개팅을 하지 않았다. 멋있다는 말만 들으면 마냥 감사하지 못하고, 한 발 뒷걸음질 치는 내 마음이 무서웠다.

나도 안다.

당연히 세상 모든 사람들이 다 나를 좋아할 수 없다는 걸. 그리고 당신이 느끼는 그 감정 또한 물론 존중받아야 한다는 걸. 그러니 이건 그냥 내 넋두리다.

요즘 들어 새로운 사람을 마주하는 인간관계가 부쩍 어려워진 나를 토닥이는 작은 푸념같은 거.

멋지다는 말만 듣고 관계가 끊어지는 일이 반복되다 보니, 의도하지 않게 누군가에게 부담스러운 존재가 되는 것 같은 그 지점을 어떻게 받아들여야 할지 어려웠다. 나를 얼마나 감춰야 할지 한동안 감이 오지 않았다. 스스로 자기 검열을 하면서 눈치를 보다 보니 새로운 인간관계를 애써 만들고 싶지 않았다. 한동안 느슨하고, 굳이 애쓰지 않는 관계를 추구했다. 적절한 거리에서 장점으로 보일 정도의 내 모습만 적당히 보는 지인만 무진장 많았으면 좋겠다는 생각도 했다. 그러고는 진짜 모습을 숨겨버릴 굴을 파듯, 친한 친구가 있는 영종도에 주기적으로 달려갔다.

아주 예전 나의 첫 독립출판 워크숍 진행자였던 재은이 쓴 글에 내가 등장한 적이 있었다.

'우리가 처음 만났을 땐 그녀의 강한 에너지가 부담스러웠다. 신기하게도 지금은 그 에너지를 곁에서 느끼면 나도 기운이 나서 예슬에게 그 변화를 이야기했다. 당신이 달라진 건지, 내가 달라진 건지, 가까워지면서 다른 면을 보게 된 건지 모르겠지만 전엔 감당할 수 없는 에너지라고 생각했는

데 지금은 든든하고 힘이 된다고.'

- 재은의 책 '오늘보다 더 사랑할 수 없는'에서

에피소드 '다른 경로를 추천합니다' 중 -

그 당시 재은이 느꼈던 감각을 나는 뒤늦게 알았고, 그저 우리의 관계가 끊어지지 않음이 다행이라고만 생각했다. 돌아보면, 나는 비슷한 맥락의 이야기를 종종 듣고 있음이 분명하다.

물론 내 삶에는 나의 다양한 모습을 따뜻한 시선과 열린 마음으로 바라봐주는 사람들이 정말 많다. 술기운을 빌려 내 얼굴을 빤히 보며 선배가 멋진 이유에 대해 술술술 말해주는 후배도 있고, 자신과 다른 부분을 되려 장점이라고 바라보고 있으면 덩달아 기분이 좋아진다는 친구도 있다. 나의 추진력 옆에 있을 수 있어 많은 경험을 하게 되어 함께하는 게 좋다는 동료도 있다.

그럼에도 어느 날 갑자기 콩! 날아오는 돌멩이에 나는 참 나약하게도 다시 움츠러든다. 때때로 내가 어떤 사람으로 보일지 두렵다. 나의 긍정과 열정이 당신을 불편하게 한다면 어떡하나. 그저 내가 가진 모습이 타인에게 부담스럽지 않길 바랄 뿐.

한 때는 내가 가장 듣기 좋아했던 말.
듣다 보면 신이 나 뭐든 더 하고 싶었던 말.
어쩌면 지금의 내 모습을 만들어줬을 소중한 말.

멋지다는 말을 그냥 큰 의미 없이 감사하게 듣고 싶다. 그렇지만 내가 가장 바라는 건 멋지다는 말 뒤에 우리의 관계가 끊어지지 않았으면 좋겠다는 것.

4

나

혼자서는 절대로 잘살 수 없는

예슬

　스물여덟이었던가. 대학원 막 학기를 졸업공연을 준비하면서 내일이 오지 않기를 바라던 날이 있었다. 사람에 치일 대로 치여 그 어느 때보다 심연의 바닥에 가라앉아 하루하루 나를 잃어갔다. 인생은 선택의 연속이라던데, 어쩜 그리 내 선택이 하나같이 마음에 들지 않던지. 연극을 하다 보니 모든 결정에는 늘 다수의 의견이 조율돼야했고. 책임을 져야하는 연출로서 자리를 지키고 있는 것만으로도 벅찼다. 그러던 찰나, 잠깐의 여유 시간이 생겨 난생처음 혼자 여행을 떠났다.

사실 나는 혼자 있는 시간을 별로 좋아하지 않는다. 혼자 있어도 적막보단 고요한 소리가 필요하고, 머릿속을 헤집고 다니는 생각이 멈추지는 않기에 굳이 애써 고독을 찾지 않는다. 그런데 그 때만큼은 사람에 진절머리가 나도록 아주 제대로 시달렸던지 평소라면 가지 않을 나 홀로 여행이 재밌어보였다.

아무의 방해도 없이 혼자 보내는 시간 동안 많은 것을 할 수 있을 거란 생각 속에 내 캐리어에는 옷보다도 책이 차지하는 공간이 더 많았다. '바다 보면서 책 읽어야지. 바다 보면서 사색 해야지. 바다 보면서 새로운 계획 짜야지. 바다 보면서 글 써야지.' 생각만으로도 뭔가에서 해방되는 기분. 그 감각에 취해 삼각대를 세워놓고 혼자서 사진은 또 얼마나 많이 찍었는지.

여행의 시작은 분명 아주 행복한 혼자였다. 그런데 그날 예약한 게스트하우스가 문제였던 걸까. 아니면 내가 원래 그런 사람인 걸까. 일정을 마무리할 때쯤 들어간 게스트하우스에서 만난 룸메이트가 좋았던 걸까. 새로운 사람이 내 여행에 들어오자마자, 혼자 있는 시간이 심심해졌다. 그전까지 느껴지지 않던 외로움이 물씬 다가왔다. 그 여파로 다음 날 아침, 여행에서 할 것을 잔뜩 가져왔으면서도 게스트하우스 대청마루에 앉아 반쯤 멍때리고 있었다. 아마 속마음은 '누가 나한테 말 좀 걸어주세요.' 였겠지. 그러고는 여행지에서 만난 사람들과 친구가 되어 내리 이틀을 같이 놀았다. 결국 사람을 피해 혼자 떠난 여행을 사람으로 꽉 채워 돌아왔다.

바다를 보면서 책을 읽는 대신, 누군가가 요즘 읽고 있는 책 이야기를 듣고. 바다를 보면서 사색하는 대신, 누군가와 대화하며 생각을 정리하고. 바다를 보면서 새로운 계획을 짜는 대신, 누군가의 인생 계획을 들으며 나의 다음은 어떨지 상상해보았다. 바다를 보면서 글 쓰는 대신, 하루 종일 누군가와 이야기를 나누다 떠올린 생각을 짧은 기록으로 남겼다.

아, 사진도 누군가 찍어줄 때 내가 몰랐던 내 모습이 더 많이 나오더라.

그 여행을 기점으로 누군가 혼자의 여행에 대해 물으면, "혼자 여행을 가도 사람을 만나서 오더라고요. 그래서 혼자 여행 잘 안 가요. 어차피 가서 새로운 사람을 또 찾는데, 여행지에서의 짧은 시간 동안 누군갈 알아가고 일상으로 돌아오면 너무 아쉬워요. 그냥 있는 사람들이랑 더 잘 지내보려고요. 여행은 그 사람들이랑 가죠 뭐."라고 답한다.

여행이라는 시간은 스스로를 해방시킨다던데, 해방감 속에서 찾은 자아는 타인과 함께 할 때 더욱 나다웠다. 조금 낯설면서도 아주 익숙한 내 모습. 사람을 떠나 온 여행에서 결국 사람을 찾으며 더욱 견고해지는 나를 발견했다. 살펴보면 나는 지금도 혼자서는 뭘 잘 못한다. 혼자보단 누군가와 함께 할 때 역량이 더 발휘되고, 누군가의 자연스러운 소음은 내 작업환경의 필수요소다. 내 삶을 일구고 있는 것들 중 혼자서 하는 건 얼마나 있을까. 기껏해야 혼맥, 넷플릭스, 달리기 정도.

언젠가 후배가 "선배는 그렇게 사람을 만나는 에너지가 다 어디서 나와요?"라는 질문을 한 적이 있었다. 그때 내 답이 "야, 나 오늘도 아침에 수업하고 연습하고 너 만나러 왔는데. 너 본다고 생각하니까, 설레서 그런가. 수업이랑 연습이 다 너무 재밌던데."였다.

뭐든 혼자 잘 해낼 것 같지만, 사실 나는 당신이 있기에 더 잘 존재하는 사람이다. 그래서 나와 관계를 맺고 있는 당신이 소중하다. 혼자서는 절대로 잘 살 수 없는 나에게 당신의 존재는 원동력이고 활력소니까. 내가 나로 살아가는 방식은 타인과의 부대낌이다. 타인을 통해 몰랐던 나를 더 잘 발견하고, 타인과의 관계 속에서 깨닫지 못했던 나를 성찰한다.

그래서 나는 혼자서는 절대로 잘 살 수 없는, 예슬이다.

맥주는 달지도 쓰지도 않았다

정민

   새로운 맥주 브랜드를 런칭한 탓에 아주 정신없는 여름을 보내고 있다. 콜라보레이션이니 팝업이니 페스티벌이니 죄다 주말에 열리는 행사라, 7월과 8월의 캘린더 속 주말은 진작에 출장 일정으로 가득 차버렸다. 출장으로 멀리 오고 가는 것은 분명 고역이지만 출장 자체를 싫어하진 않는다. 눈치를 보지 않고 약간은 풀어진 자세로 앉아 이동하거나, 평소에 먹어보고 싶었으나 가격이 부담되는 음식들을 출장비로 먹을 수 있으니까. 그리고 당연히 사무실에 앉아 있는 것보다 낫다.

여름을 좋아하는 편이다. 여름이라는 계절이 주는 열정적인 더위, 넘치는 생명력, 휴가에 대한 기대감, 파란 하늘이나 구름 같은 상징적인 감촉과 감정들이, 지금의 회사로 이직한 뒤로는 점점 무뎌지고 있어 개인적으로는 아쉬움이 크다.

얼마 전에는 양양으로 출장을 다녀왔다. 전국에서 미모가 출중(?)하고 좀 놀 줄 안다는(?) 사람들이 모인다는 그곳 말이다. 술이라는 카테고리를 전개하는 탓에 술과 관련된 좋은 점보다는 그 반대의 경험들을 자주 접하는 편인데, 이번 양양 출장이 처음부터 끝까지 그랬다. 바닷가와 휴가라는 지리적, 시간적 요소가 섹스어필이나 생물학적 본능에 자극을 주는 것일까 진지하게 생각해보기도 했다. 술에 취해 널브러져 있는 사람, 지나가는 여자는 일단 붙잡고 보는 대다수의 남자들, 시끄러운 음악에 헐벗은 남녀들. 술과 음악은 어찌 보면 아주 건전한 일탈이기에 나무라는 것은 아니지만서도 저런 모습들을 쳐다보고 있는 것도 꽤 고역이었다.

주변에서는 국내 휴양지 이곳저곳을 누비고 있

으니 즐거워 보인다는 말을 자주 한다. 나도 그 기
분을 놓치고 싶진 않아서, 짬을 내어 바닷가를 걷
는다거나 시원한 맥주를 마시며 기분 전환을 시도
해 보았다. 그럼에도 올해의 여름은 그저 행사의
계절이었고 그 맛있다는 여름 맥주는 노동주에 가
까웠다.

*

오후 11시 50분. 겨우 십 분을 남겨두었을 뿐이
지만 자정을 넘기지 않았음을 안도하며 기차에서
내렸다. 사흘간 이어진 강원도와 부산 출장에 무
거워진 몸과 짐을 이끌어 집으로 향했다. 현관의
도어록을 누를 손이 없어 회사 노트북을 잠시 바
닥에 팽개치고서야 띠띠띠 문을 열고 들어섰다.

찰칵, 도어록이 잠기는 소리. 집 냄새.

아늑하다. 9평이 조금 안 되는 원룸. 딱 그 정도
의 아늑함일지라도 강원도와 부산에서 달고 온 피
로를 내려놓기엔 충분했다. 아파트로 이사 가면,

집이 넓어지면 더 아늑할까 싶다가도 전세 계약을 연장한 지 얼마 되지 않았음이 떠올라 금세 잊었다. 비를 맞은 탓에 신발과 하나가 되어 있었던 발을 겨우 빼내고, 땀인지 비인지 모르게 젖은 옷을 벗어 세탁기에 던져 넣고 돌려버렸다. 긴 하루를 보낸 날에는 그날 입은 옷을 바로 세탁하는 버릇이 있는데, 그날의 피로와 기분을 세탁해버리고 싶은 마음이 반영된 게 아닐까.

샤워를 하고 나오니 조금은 기분이 풀렸다.

며칠 동안 정신없는 밤낮을 보내느라 나 자신을 돌볼 시간이 없었는데, 문득 스스로 가여워져 냉장고를 열어 맥주 캔을 하나 꺼냈다. 괜히 마음에 드는 잔에 마시고 싶어 런던에서 사 온 맥주잔을 꺼냈다. 거품이 적당히 오르도록 맥주를 따라낸다. 조용한 방에 맥주를 따르는 소리만 채워진다. 예전에는 혼자 사는 집이 그렇게 외롭고 쌀쌀하여 가족이나 친구들에게 자주 전화를 하곤 했었는데, 이제는 누군가로부터의 위로 한 마디보다 맥주의 첫 모금이 주는 위로가 더 와닿는다. 몸이 시원따뜻해지는 건 덤.

오늘의 맥주는 달지도 쓰지도 않았다.

이번 출장은 일도 일상도 여러모로 힘들었다. 오랜 기간 준비했던 행사는 당일 우천으로 취소된 탓에, 귀에서 휴대폰을 떼어놓을 수 없을 정도로 수십 명과 전화로 싸우고, 애원하고, 설득하고, 화내었다. 다행히 기적처럼 행사는 예정대로 진행할 수 있게 되었지만 앞선 우여곡절 탓에 진행이 매끄럽지 않았다. 내가 통제할 수 없는 일들까지도 프로답게 척척 해내고 싶지만, 표정과 목소리에 당황스러움을 있는 그대로 드러내고 허둥거린 내 자신이 싫었다. 와중에 집주인은 떨어진 집 시세만큼의 전세 보증금을 돌려줄 수 없다며 연락이 왔고, 엄마는 누나와 다투었는지 자식 키워봐야 소용없다며 한참을 전화로 푸념 섞인 잔소리를 했다. 잘해보려고 했던 이성과는 사소한 오해가 생겨 다투다 남보다 못한 사이가 되어버렸다.

전부 때려치우고 싶었지만, 그럴 수 없음을 우리 모두는 다 잘 알고 있기에 눈앞의 일에만 집중해 겨우 시간을 버텨냈다. 사실 때려치우기에도 꽤 용기가 필요하다. 용기는 보통 통장 잔고에서부터 나온다. 뭐 그렇다고.

　이럴 때는 리스본이며 카프리며 니스며, 살아본 적도 없는 곳이 그립다.

*

　열심히 거품을 밀어 올리는 달지도 쓰지도 않은 오늘의 맥주를 멍하게 바라보며, 오늘의 기분을 이렇게 마무리할 수 없어 이번 출장에서 마주친 기분 좋은 순간들을 애써 떠올려보았다. 기차에서 캔 음료를 마시며, 혹여나 캔 소리가 시끄러울까 조심스럽게 내려놓는 옆자리 승객의 배려에 고마웠다. 양양에서는 앉은자리에서 한 판을 다 먹어버린 치즈가 가득 올라간 피자가 그리워졌고, 부산의 지하철에서는 커플이 앉을 수 있도록 자리를 옮겨 두 자리를 나란히 비워준 지하철 승객 덕분에 괜히 내 마음이 따뜻해졌었다. 이번 일정 내내 불규칙적인 소나기가 많이 내렸는데, 그 탓인지 사람들이 장화를 많이들 신고 나왔다. 개인적으로 장화를 신은 사람을 보는 것을 좋아한다. 장화를 신어본 적은 없지만 장화 특유의 걸음걸이가 꼭 오리 같아서, 오리에게 긴 다리가 생기면 저렇게 걷지 않을까 상상하곤 했다. 얼마 전 회사 동료가 장화를 신은 모습이 귀여워서 아톰 같다며 놀리기도 했었다.

마지막으로 조용한 내 집에 들어서는 순간이 좋았다. 조용한 실내, 익숙한 물건들. 집 안을 잘 둘러보면 새로운 물건은 거의 없다. 대부분의 가전과 가구들은 부산에서부터 가지고 올라온 것들이다. 잘 찾아보면 미국에서 돌아오며 가져온 물건들도 있다. 지금까지 대여섯 번의 이사를 다녔음에도 매번 내 집이라는 생각에 금세 애정이 생기는 이유는 이렇게 나에게 익숙한 물건들 덕분이다.

기분이 풀린 탓일까, 달지도 쓰지도 않은 맥주 맛을 이유삼아 아껴두었던 치즈를 꺼내었다.

긍정의 가면 뒤에서

용신

삶은 종종 우리를 억누르고 부딪히게 만든다. 내면의 두려움과 외부 상황의 압박이 교차하며, 우리는 이 속에서 스스로를 지탱하게 된다. 그러나 나는 항상 이런 억눌림 속에서도 긍정적인 마음가짐이 나를 구원할 것이라고 믿어왔다. 긍정주의와 용기를 가지고 어려움을 극복할 수 있다고 생각하며, 그 과정 속에서 나 자신을 더 잘 알게 될 것이라고 여겼다.

나는 그것이 옳은 선택이라고 생각했었다.

우리는 모두 인생 속에서 크고 작은 억압을 경험한다. 그때 긍정적인 태도는 큰 영향을 미친다. 최근 유행하는 '럭키비키'라는 말이 이를 잘 보여준다. 삶에서 긍정적인 면을 강조하고, 어려움을 성장의 기회로 삼는 태도는 점점 더 주목받고 있다. 나는 어릴 적부터 '긍정적으로 살아간다'는 것에 많은 의미를 부여했다. 아마도 내가 자라온 가정환경 덕분이었을 수도 있고, 어쩌면 그것은 생존 본능이었을지도 모른다.

사실 나는 생각보다 여유롭지 못한 환경에서 자랐다. 그래서 무언가를 얻는 것, 보상받는 것, 선물을 받는 것에 큰 의미를 두며 살았다. 주위 사람들의 작은 배려나 응원, 칭찬조차도 내게는 크게 다가왔고, 나는 그것에 힘을 얻었다. 작은 칭찬에 기뻐하며 더욱 열심히 노력했고, 그러한 모습을 보고 또 칭찬을 받는 반복 속에서 '밝은 척'이 내게는 습관처럼 자리 잡았다. 마치 '착한 아이 콤플렉스'처럼 말이다.

그러나 사실 나는 긍정적인 모습과는 거리가 멀다. 걱정이 많은 사람이다. 하루에도 몇 번씩 가족들에게 무슨 일이 생기진 않을지, 누군가 나를 미워하진 않을지, 내가 하고 있는 일이 사고로 이어지진 않을지 걱정한다. 게다가 긍정적인 나의 모습이 다른 사람들에게 어떻게 보일지도 신경 쓰인다. 혹여 내가 진짜 긍정적인 사람이 아니라는 사실이 들통 나서 그들이 실망하지는 않을까 하는 두려움이 늘 있다. 그래서 긍정적인 사람을 만나면 그들이 오히려 안쓰럽게 느껴진다. 저 사람도 언젠가는 자신의 진지한 이야기를 털어놓고 싶을 텐데, 늘 밝고 가벼운 역할을 맡게 되면서 본인의 감정에 솔직해지지 못하는 건 아닐까 싶어서 말이다.

이런 생각이 들 때면, 나는 내가 과연 맞는 방향으로 살아가고 있는지 의문이 생긴다. 다른 사람들에게 미움받지 않고자 더 밝은 모습을 만들어내는 것은 내가 진정 원하는 삶일까? 아니면 단지 사람들에게 더 많은 사랑을 받고자 하는 욕심일까?

나는 내가 감당할 수 있을 만큼의 책임을 짊어진 삶을 살고 싶다. 다른 사람들을 위해 억지로 긍정적인 모습을 유지하는 것이 과연 옳은 일일까? 아니면 내가 정말 긍정적인 사람이라서 이런 모습을 유지해온 것일까? 이 고민은 여전히 내 마음속에 남아있다.

하지만 이제 나는 한 가지 결론에 이르렀다. 나는 여전히 밝은 사람이고 싶지만, 그 밝음이 가벼운 것이 되지 않기를 바란다.

이번 글을 쓰게 된 이유도 어쩌면 그 부담감을 덜어내고, 진짜 나 자신과 마주하기 위해서였을 것이다. 세상에 완벽한 정답은 없겠지만, 내가 지고 갈 수 있는 밝음이라면 충분히 가치가 있지 않을까.

평양냉면은 처음입니다만

정민

　얼마 전 회사 회식자리에서 어리굴젓을 먹어볼 기회가 있었다. 먹어본 적이 없다 이야기했더니 팀원들이 꽤 놀라는 눈치였는데, 오히려 내가 더 당황했다. 어리굴젓이 동네 김밥집의 어묵볶음처럼 밑반찬으로 나오는 것도 아닌데 이걸 다들 먹어봤다니. 테이블에 올라온 젓갈을 한 젓가락 집어 입에 넣었다. 물컹물컹했다. 맛이 어떠냐며 감상을 기다리는 팀원들의 표정에 실망을 줄까 싶어 맛있다며 환하게 리액션했다. 실제로도 나쁘지 않았다. 회식자리에서는 내가 먹어보지 못한 것들을 먹어볼 기회가 많다. 그럴 때마다 이걸 안 먹어봤냐며 놀리긴 하지만, 그런 의미에서 나는 회식이 싫지만은 않다. 물론 소맥으로 마시는 것만 빼고.

비슷한 순간들이 자주 있다. 난 아직 동대문의 엽기적인 떡볶이도 먹어본 적이 없고, 불닭소스로 볶은 라면도 먹어본 적이 없다. (이 말을 하면 다들 꽤나 놀란다. 불닭라면이 그렇게 유명한 거였나)

개인적으로 일기를 블로그에 쓰고 있다. 언제 어디서든 사진과 함께 올릴 수 있거니와, 썼던 글들을 쉽게 찾아볼 수 있어서 좋다. 무엇보다 그때그때 핸드폰으로 톡톡톡 타이핑만 하면 되니 부담이 없다. 여기에 일기를 쓴 지는 어느새 6년이 다 되었다. 술에 취한 와중에도 뭔가를 써놓기도 한다. 다음 날 기억에 없는 일기에 놀라기도 하지만, 어제의 나를 해석하는 것도 하나의 재미다. 이 정도면 일기 쓰는 것도 습관이라 할 수 있겠다.

어쨌든, 처음이라는 단어가 묘하게 익숙해서 일기에 '처음'이라는 키워드로 검색을 해보았다. 나는 6년 동안 58번의 첫 경험(?)을 했다. 최근 1년 동안 나는 어떤 것들을 처음 해보았을까. 나는 가평에 처음 가보았고, 꽃 화분을 처음으로 선물 받았고, 필름 카메라를 처음 만져보았으며, 처음으로 마음에 드는 이성에게 번호를 물어보기도 했다.(그렇다. 거절당했다.)

아, 평양냉면도 처음 먹어봤다.

평양냉면은 거짓말 같았다.
이게 음식일 리가 없었다. 첫 입에 '거짓말..'을 속으로 연신 내뱉고는 앞사람의 눈치를 살폈다. 역시나 내 첫 반응을 기대하는 눈빛이다. 어떡하지. 솔직히 얘기해야 하나. 걸레 빤 물 같다기엔 너무하니 손 씻은 물정도로 이야기할까. 이것이 내 평양냉면의 첫 감상이었다

"이.. 이게 냉면이에요?"

"야, 딱 세 번만 먹어보자."

평양냉면을 먹어본 적이 없다는 말에 나를 평양

냉면 가게로 밀어 넣은(?) 회사 선배는 앞으로 딱 세 번만 먹어보라며, 그 세 번의 자리를 전부 동행해 주었다. 첫 번째는 거짓말 같았고, 두 번째는 여전히 의심이었으며, 세 번째는 체념이었다. 그렇게 평양냉면은 나와는 맞지 않는 음식으로, 그대로 나를 관통해 지나갔다. 애써주신 선배님, 평냉의 매력을 여전히 알지 못해 죄송합니다.

처음 해보는 것들이 모두 나와 꼭 맞는 경험일 순 없다. 그럼에도 내가 해본 적이 없다는 말과 처음이라는 말을 부끄러워하지 않고 내뱉는 것은, 이렇게 새로운 경험을 할 수 있어 설레고 기쁘다는 뜻이다. 며칠 전 누군가와의 인터뷰에서 경험의 소스가 다양해 멋지다는 이야기를 들었다. 그날은 세계여행이나 한 달 살기같이 거창하고 화려한 경험은 아닐지라도 이래저래 이야기할 거리가 있어 스스로도 신기했다. 대부분 처음 해보는 경험에서 오는 당혹스러움과 결과에 대한 삼상이었다. 다음에는 어떤 것들을 해보고 싶냐는 이어진 질문에는 고민 없이 번지점프와 해루질, 홍어삼합과 트랙터 운전이라고 대답했다.

이것 보라, 서른다섯이나 되었는데도 여전히 해 보지 못한 것들이 잔뜩 있다.

하기야 서른다섯도 처음이니까.

나를 증명하는 건

용신

결국 나 스스로를 증명하는 건 내가 하는 말이 아니라, 내가 하는 행동이다. 그리고 그 행동을 설명하는 건 다름 아닌 나의 일, 나의 명함이다.

나는 스물일곱 살에 지인들과 함께 스타트업을 시작하며 큰 꿈을 키웠다. 창업을 하는 순간만큼은 희망과 열정으로 가득 찼다. 그러나 현실은 예상과 달랐다. 사업의 초기 단계에서부터 자금 문제와 경영의 어려움, 그리고 팀 내부의 갈등 등 다양한 난관에 부딪혔다. 이 과정에서 지인들과의 관계에도 금이 가고, 많은 상처를 받게 되었다. 스타트업은 나에게 큰 교훈을 남겼지만, 동시에 수많은 마음의 상처를 안겨주었다. 이로 인해 나는 도전이 아닌 안정적인 삶이 필요하다는 걸 깨닫고 취업 준비에 들어가게 되었다.

서른이 되던 해, 나는 일본의 전통 있는 악기 회사인 야마하에 입사하게 되었다. 스타트업이 아니라 갖춰진 직장에서의 새로운 시작을 꿈꾸며 기대에 부풀어 있었다. 그러나 입사 후, 일본 특유의 보수적이고 정치적인 기업 문화와 마주하게 되었고, 회사의 엄격한 규율과 복잡한 정치적 상황 속에서 적응하기란 쉽지 않았다. 매일매일이 새로운 도전이었고, 처음에는 이러한 환경이 나를 크게 힘들게 했다. 그런 환경 속에서도 야마하에서의 경험은 나에게 많은 것을 가르쳐 주었다. 어려운 환경 속에서도 견디고, 적응하며, 성장하는 방법을 터득하게 되었다. 업무를 통해 다양한 기술과 지식을 습득하고, 쉽지 않은 상황에서도 최선을 다하는 법을 배웠다.

하지만 이러한 과정이 나의 삶에 좋지 않은 영향

을 미쳤다. 엄격한 시스템과 보수적인 문화 속에서 나는 종종 답답함과 스트레스를 느꼈고, 이는 내 개인적인 행복에도 부정적인 영향을 미쳤다.

4년이라는 시간을 통해 나는 일의 환경이 내 삶의 만족도에 얼마나 큰 영향을 미치는지를 깨닫게 되었다. 야마하에서의 힘든 시간을 보내면서도 나의 직업적 능력과 인내심은 크게 향상되었다. 하지만 이곳에서의 경험이 나에게 주는 행복은 한계가 있었다. 그래서 나는 새로운 기회를 찾기로 결심했다.

나는 지금 소니에서 일하고 있다. 소니는 보다 열린 분위기와 창의적인 환경을 제공하는 회사다. 이곳에서 나는 다시 일에 대한 열정을 되찾고, 행복하게 일하고 있다. 소니에서는 내가 가진 역량을 마음껏 발휘할 수 있는 기회를 제공해 주고 있으며, 회사의 자유로운 문화는 나에게 큰 만족감을 주고 있다. 이를 통해 성장하는 느낌을 받고, 내 삶의 질을 높여주고 있다. 새로운 프로젝트를 진행하고, 성공으로 이끌어 가는 과정에서 큰 보람을 느끼고 있다.

이러한 경험들을 통해 나는 일의 환경이 내 삶의 만족도에 얼마나 큰 영향을 미치는지를 깊이 깨닫게 되었다. 스타트업에서의 실패와 야마하에서의 어려움을 통해 나는 많은 것을 배우고 성장할 수 있었다. 그리고 소니에서의 행복한 시간들은 내가 일과 삶의 균형을 이루며, 진정으로 만족스러운 삶을 살아가는 데 큰 도움을 주고 있다. 지금의 나는 나 자신을 더 잘 이해하고, 앞으로 나아갈 방향에 대해 더욱 명확한 비전을 가지고 있다.

일을 통해 얻는 만족감이 내 삶의 중요한 부분임을 깨달았고, 앞으로도 이 만족감을 계속해서 추구하며 살아가고자 한다. 다양한 경험을 통해 나는 더 강해졌고, 더 많은 것을 배웠다. 이제는 이러한 경험을 바탕으로 더 나은 미래를 만들어 나가고자 한다. 어떻게 보면 나를 설명하는 건 다른 게 아니라, 지금 내가 하고 있는 행동들이 아닐까 싶다.

그냥 멋지게 살기로 했습니다

예슬

　우리 책의 마지막 글이라 생각하니 쉽게 쓰고 싶
지 않았던 걸까. 꼬박꼬박 기한 맞춰 글을 써내던
내가 이번에는 초고를 쓰는 데에도 제목을 정하는
데도 꽤나 시간이 걸렸다. 초고를 완성했던 소재
를 한 번 뒤엎기도 했고, 인풋이 부족한가 싶어 다
짜고짜 책을 중간부터 펴놓고 눈에 들어오는 문장
을 맥락 없이 필사하기도 했다. 언젠가 스물아홉
을 기록했던 독립출판물이 그 시절의 나를 고스란
히 담았던 것처럼, 시간이 흐른 뒤 만나게 될 서
른다섯의 나 또한 나답기를 바랐다.　'나'하면 떠

오르는 여러 가지 키워드를 툭툭 던지며 흘러가는 대로 조각문단을 만들며 글을 썼지만, 좀처럼 마음에 들게 맥락이 연결되는 글이 없었다. 그럼 어째, 잠시 중단해야지.

그렇게 글을 내팽개쳐두고 여행을 떠났다.

여행에 오른 비행기 안에서 내가 써온 글을 스윽 훑어보았다. 내가 이런 생각을 했다니 기특하다는 생각이 들며 마음에 드는 초고도 있었지만, 역시나 여러 번의 탈고를 기다리고 있는 글도 있었다. 그 와중에 유독 나를 어렵게 하는 이야기가 눈에 들어왔다.

앞서 다양한 주제로 글을 썼지만, 나를 가장 어렵게 만든 이야기는 '인간관계 - 멋지다는 말이 어려운 이유'였다. 여지껏 '멋지다'는 말이 주는 긍정적인 의미만 생각하며 심플하게 살다 처음으로 그 단어와 부딪히면서 쓰게 된 글. '멋지다'의 이면에는 '당신이 부담스러워요'가 내포될 수도 있다는 생각에 빠져 한동안 멋지단 말에 알러지가 생긴 듯 반응했다. 친구들과의 고민 상담에서도 빠지지 않는 주제가 되어 '나'를 괴롭혔다. 그 기억이 물씬 떠올라 또 한참 생각에 잠겼다. 이래서 내가 마지막 글을 쓰지 못했나. 해결되지 않는 잡념에 나를 가둬두니 글이 잘 써질리가 없었다.

언젠가 읽었던 책에서 '문제를 마주했을 때 해결 방법은 크게 두 가지가 있다. 극복하거나, 회피하거나'라는 문장을 만난 적이 있다. 과연 나는 멋지다는 말을 극복할 수 있을 것인가. 뒤돌아 보지 않고 회피할 것인가.

나는 멋지다는 말과 어떤 결론을 지을 수 있을까?

이 문제가 나에게 어느 정도로 고민스러웠냐면, 심장이 떨어지는 느낌이 싫어 단 한 번도 염두해 보지 않은 스카이다이빙을 "다시 태어나는 감각을 느낄 수 있다"는 친구의 말에 여행 온 김에 '한 번 해볼까?'라는 생각을 할 정도였다. 비록 다시 태어날 거라는 기대감에 하늘에서 성큼 뛰어내렸지만, 다시 태어나기 보단 생각보다 스카이다이빙이 나와 잘 맞다는 사실만 알게되었다. 그렇게 여행지에서도 나는 고민에서 벗어나지 못했다.

그러던 와중, SNS에 올린 여행사진을 보고 한 친구가 연락이 왔다. 잠시 이 친구로 말할 것 같으면 나의 절친한 친구의 친구이면서 최근에 나랑 친해지고 있는 중이었는데 내 기준으로는 아직 나랑 온전한 친구의 구간에는 들어오지 않은, 지인과 친구 그 경계에 머물고 있는 관계였다. 나에 대해 충분히 알지 못하고 있기에 적당한 오해와 적절한 신비감이 있는 그런 사이. 그런 친구가 얼마 전 절친한 친구와 같이 있던 자리에서 들은 내 고민에 대해 해 줄 말이 있다며 장문의 메시지를 보내왔다.

'누군가 밝은 사람이 있다는 사실에서 나 역시 좀 더 밝아도 된다는 것을 생각할 수 있다'

투박하게 자신의 경험과 생각을 툭툭 써낸 긴 글 속에서 나는 예상치 못한 위로를 받았다. 나에 대해서 잘 알지도 못하는 사람이 건넨 거칠지만 따뜻한 문장들이 지난 몇 주간 끙끙 앓았던 나의 고민이 별거 아니라고 말해주는 것 같았다. 큰 감동

으로 다가오는 감정의 파동을 느끼며, 일말의 미
련도 없이 아주 말끔하게 그냥 멋지게 살아야겠단
생각이 들었다.

　그리고 '멋진 여자를 부담스러워하지 않는 남성
분'을 이상형에 추가했다.

　끝. 복.

마음이 복잡해질 때마다 그리는 그림이 있다

정민

마음이 복잡해질 때마다 그리는 그림이 있다.

성격처럼 소심하게 종이 귀퉁이에 그린다. 어릴 땐 지루한 과목의 교과서나 시험지의 여백에 그렸었다가, 이제는 복잡한 회의자료나 의지와는 상관없는 종이들, 공과금이나 보험 서류, 처방전과 같은 것들로 옮겨갔다. 액자같이 네모 칸을 그린 후 가운데 가로선을 그어 나눈다. 선 위쪽으로는 뭉게구름을 그린다. 구름 아래는 돛이 달린 요트를 한 대 그리고, 좌우측 하단에는 야자수 두세 그루를 그린다. 그렇게 야자수 나무 사

220

이로 수평선이 보이는 그야말로 평화로운 장면이 뚝딱 그려진다. 기분에 따라 갈매기를 몇 마리 그려 넣기도 한다.

30초면 완성되는 이 그림은 내가 창작한 것이 아니다. 밥 아저씨였는지, 밥 아저씨의 프로그램이 인기를 얻자 그 포맷을 모방한 다른 아저씨였는지 기억이 나질 않지만, 초등학교도 들어가기 전 브라운관 TV에서 본 그림이었다.

나는 아직 그림 속 장소를 찾지 못했다.

복잡해질 때 이 그림을 그리는 까닭은 이번 생에는 그림 속 장소를 꼭 찾아보고 죽어야겠다는 생각에, 지금 마주한 복잡함은 아주 별거 아니라는 상대적 위안을 얻을 수 있기 때문이다. 이 그림은 현재에 매몰된 나를 다른 레이어로 끌어올리는 일종의 탈출버튼이라고 하는 게 맞겠다.

언젠가 비슷한 장소를 찾게 될 것이다. 그때의 나는 몇 살일지, 어떤 모습일지, 누구와 함께일지는 전혀 모르겠지만, 그 순간에는 얼음 띄운

맥주에 생선구이나 볶음국수가 함께 했으면 좋겠
다. 아, 물론 사랑하는 사람도 같이.

　종이의 여백이 가득 찼다. 다시 한숨 들이마시
고 현재에 집중해 보기로 한다.

Special Thanks to.

가장 먼저 이 책의 공동 작가 예슬과 용신에게 감사 인사를 보낸다. 둘이 아니었다면 내 글들은 일기장에서만 조용히 존재하는 인생의 넋두리였을 테다. 이번 책을 쓰면서 내 기억 속 희미하던 순간들까지 타임머신을 타고 간 듯 더듬어 볼 수 있었다. 잘 지내길 바라며 묻어둔 채 애써 꺼내지 않았던 기억들까지도 말이다.

덕분에 어쩌면 조금은 나를 더 이해하게 되었고, 보듬게 되었다.

그리고 내 글에 이니셜로, 또는 익명으로 등장하는 모든 이들에게 감사드린다. 여러분들은 작고 작은, 그러나 아늑한 내 인생을 함께하는 소중한 등장인물들이다. 여러분들이 내가 살아감에 있어 좋은 영향을 준 만큼, 나도 여러분들의 인생에 그런 사람이길 다시 한번 간절히 바라본다.

*

　이 책의 표지는 스페인에서 동행자로 만난 멋진 동생 세범 군을 찍은 사진이다. 짧은 인연이 이렇게 커질 줄 누가 알았겠는가. 함께한 스페인 남부와, 조금은 엉뚱했던 지중해 바다 수영은 영원히 잊지 못할 것이다. 힘든 시기(공부 중이다)를 보내고 있을 그에게 이 책의 표지가 조금이라도 환기와 응원이 되었으면 좋겠다.

　무엇보다 이 글을 읽어준 모든 사람들에게,

　이 책이 물질로 존재할 수 있는 이유는 모두 당신 덕분이다. 당신의 하루에 이 글이 가벼운 한숨이었길 바라본다.

　　　　　　　　　　　　　　　　정민.

서른다섯

일 . 취미 . 사랑 . 인간관계 . 나

서른다섯,
마주하다. 기록하다. 돌아보다.

서른다섯
ⓒ 곽용신, 김정민, 박예슬

발행일 2024년 10월 10일
초판 1쇄 펴냄 **2024년 10월 10일**
2쇄 펴냄 2024년 11월 04일

지은이 **곽용신, 김정민, 박예슬**

디자인   **예슬** yeseulls@naver.com / @yeseul_ls
편집   **정민** kmmsg90@gmail.com / @jungmin.ii
사진   **용신** priestbless@naver.com / @tarophoto_

발행처 인디펍
발행인 민승원
출판등록 2019년 01월 28일 제2019-8호
전자우편 cs@indiepub.kr
대표전화 070-8848-8004
팩스 0303-3444-7982
인쇄 예영사

정가 12,000원
ISBN 979-11-6756621-8 (03810)

써보자고, 서른다섯.